www.ingramcontent.com/pod-product-compliance
Lightning Source LLC
LaVergne TN
LVHW010838051026
849532LV00007B/2744
9789369084142

کہانیوں کا قافلہ

(بچوں کی کہانیاں)

مرتبہ:

سید حیدر آبادی

Kahaniyon Ka Qafila (Short Stories)
by: Syed Hyderabadi
Edition: December '2025
Publisher :
Taemeer Publications LLC (Michigan, USA / Hyderabad, India)

ISBN 978-93-6908-414-2

کتاب	:	**کہانیوں کا قافلہ**
مرتب	:	**سید حیدرآبادی**
بہ تعاون	:	روشنائی ڈاٹ کام ویب سائٹ
صنف	:	ادب اطفال
ناشر	:	تعمیر پبلی کیشنز (حیدرآباد، انڈیا)
سالِ اشاعت	:	۲۰۲۵ء
صفحات	:	۹۶
سرورق ڈیزائن	:	تعمیر ویب ڈیزائن

فہرست

دیباچہ

لوک کہانیاں اور بین الاقوامی فکشن بچوں کے لیے صرف تفریح کا ذریعہ نہیں بلکہ یہ ان کی شخصیت سازی، فکری نشوونما اور عالمگیر شعور کی بنیاد ہیں۔ جب بچے دنیا کے مختلف کونوں سے آنے والی کہانیوں میں غوطہ زن ہوتے ہیں، تو ان کے تخیل کو پرواز ملتی ہے اور وہ خود کو ان رنگین دنیاؤں کا حصہ محسوس کرتے ہیں۔ یہ کہانیاں انہیں متنوع ثقافتوں، روایات اور طرز زندگی سے آشنا کرتی ہیں، جس سے ان میں وسیع النظری اور ہمدردی کے جذبات پروان چڑھتے ہیں۔ انہیں یہ سمجھنے میں مدد ملتی ہے کہ دنیا ایک بڑی، خوبصورت اور متنوع جگہ ہے جہاں مختلف زبانیں بولنے والے، مختلف رسم و رواج رکھنے والے لوگ رہتے ہیں، مگر ان سب کے بنیادی جذبات اور خواب ایک جیسے ہیں۔ بین الاقوامی کہانیاں، بالخصوص ایڈونچر اور سنسنی خیز کہانیاں، بچوں میں تجسس کو ابھارتی ہیں، انہیں مسائل حل کرنے کے ہنر سکھاتی ہیں، اور یہ دکھاتی ہیں کہ چیلنجز کا سامنا کس طرح بہادری اور ذہانت سے کیا جاتا ہے۔ یہ انہیں نئے الفاظ، فقرے اور بیانیے کی تکنیک سے روشناس کراتی ہیں، جس سے ان کی لسانی صلاحیتیں بہتر ہوتی ہیں اور مطالعے کی عادت پختہ ہوتی ہے۔ ان کہانیوں کے ذریعے بچے نیکی اور بدی، انصاف اور ناانصافی، سچائی اور جھوٹ جیسے

تصورات کو سمجھتے ہیں، اور مثبت اخلاقی اقدار کو اپنے اندر جذب کرتے ہیں۔ یہ کہانیاں ان کے ذہنوں میں ہمیشہ زندہ رہتی ہیں، اور انہیں ایک باشعور، حساس اور ذمہ دار شہری بننے کی ترغیب دیتی ہیں۔

پیش نظر کتاب "کہانیوں کا قافلہ" میں ہم نے عالمی ادب کے چھ ایسے نگینوں کا انتخاب کیا ہے جو بچوں کے لیے سنسنی، ایڈونچر اور اخلاقی اسباق سے بھرپور ہیں۔ ہنری سلاسر کی 'بے ضرر سانپ' ایک بینک ڈکیتی کی انوکھی داستان ہے جہاں ایک ڈاکو، تقدیر کے عجیب و غریب موڑ اور ایک مہربان کسان کی بدولت، اپنے غلط راستے سے توبہ کرتا ہے۔ مارک ٹوئن کے شہرہ آفاق کردار 'ٹام سائر' کی کہانی بچپن کی شرارتوں، مہم جوئی اور دوستی کی عکاسی کرتی ہے، جو اپنے دوستوں کے ساتھ گاؤں کو حیران کر دیتا ہے۔ ڈینس فورمین کی 'کانگو کے گوریلے' ہمیں افریقہ کے گھنے جنگلوں کی سیر کراتی ہے، جہاں گوریلوں کو پکڑنے کی خطرناک مہم، لالچ کے انجام اور فطرت کے احترام کا سبق ملتا ہے۔

ایڈگر ویلس کی 'پچاس لاکھ کے نوٹ' ایک پراسرار واردات کا معمہ حل کرتی ہے جہاں ایک ذہین سراغ رساں اپنی انوکھی تکنیک سے ایک بڑے فراڈ کا پردہ چاک کرتا ہے۔ ایچ جی ویلز کی 'ہیرے والا شتر مرغ' چالبازی، لالچ اور دھوکہ دہی کی ایک دلچسپ کہانی ہے جس میں دو فنکار مل کر ایک حیرت انگیز منصوبے کے ذریعے لوگوں کو بے وقوف بناتے ہیں۔ اور آخر میں، آرتھر کونن ڈائل کی شہرہ آفاق تخلیق، 'مرتا ہوا کھوجی' (شرلاک ہومز) ہے جہاں دنیا کا عظیم ترین سراغ

رساں ایک قاتل کو جال میں پھنسانے کے لیے اپنی موت کا ڈرامہ رچاتا ہے اور ذہانت کی بلندیوں کو چھوتا ہے۔

امید ہے کہ یہ کہانیاں بچوں کو نہ صرف کہانیوں کی دنیا میں کھو جانے کا موقع فراہم کریں گی بلکہ انہیں اپنی سوچنے سمجھنے کی صلاحیتوں کو پرکھنے اور دنیا کے رنگا رنگ پہلوؤں کو سمجھنے میں بھی مدد کریں گی۔

ا

بے ضرر سانپ

تحریر: ہنری سلاسر
ترجمہ و تلخیص: ش کاظمی

میں صبح دس بجے کے قریب ہولسوائل میں داخل ہوا اور اپنی چار سالہ پرانی کار قصباتی بینک کے سامنے روک دی۔ ہولسوائل ایک زرعی قصبہ ہے۔ آبادی کسانوں اور زمینداروں پر مشتمل ہے۔ زمین زرخیز ہے، اس لیے کاشتکار بہت خوش حال ہیں۔ میں جس شاہراہ پر سفر کرتا ہوا یہاں آیا، یہ قصبہ اسی پر واقع ہے، سڑک کے دونوں طرف چند سو گز کے ٹکڑے پر قصبے کا تجارتی مرکز اور اس کے عقب میں رہائشی علاقہ تھا۔

چند سو گز بعد سڑک پھر کھلے میدان میں نکل جاتی اور حد نظر تک کوئی آبادی نظر نہ آتی۔ میں نے پیچھے مڑ کر دیکھا تو وہاں بھی یہی منظر تھا۔ فصل کاٹی جاچکی تھی۔ اگر مجھے یہ معلوم نہ ہوتا کہ قصبے کے واحد بینک میں کاشتکاروں نے فصل فروخت کر کے خاصی رقم جمع کروائی ہے تو میں اس قصبے میں قدم رکھنا بھی پسند نہ کرتا۔

میں نے گاڑی سے اتر کر چاروں طرف ایک طائرانہ نظر ڈالی، آس پاس آدھی درجن گاڑیاں کھڑی تھیں اور تقریباً نو دس راہ گیر ٹہلنے کے انداز میں کاہلی سے آجا رہے تھے۔ کسی کو جلدی نہیں تھی، ان کے لباس پرانی طرز اور بال شریفانہ تھے۔ اس لیے میرے بھڑکیلے شوخ رنگوں کے لباس، شانوں پر جھولتے ہوئے بالوں، لمبی لمبی مونچھوں اور تاریک شیشوں کی عینک پر راہ گیروں کا پلٹ پلٹ کر تعجب کی نظریں ڈالنا قدرتی امر تھا۔ میرے جسم پر ڈبل بریسٹ گلابی سوٹ تھا جس کی پتلون کے پائنچے جدید فیشن کے مطابق بڑے بڑے تھے۔ قمیص سبز تھی جس پر نیلے پیلے پھول بنے ہوئے تھے اور کالر بہت بڑا اور اونچا تھا۔ پانچ انچ چوڑی گلابی اور سفید دھاریوں والی ٹائی بھی بندھی ہوئی تھی۔

نیو یارک یا لاس اینجلس میں کوئی مجھ پہ ایک نظر ڈالنا بھی گوارانہ کرتا لیکن یہ ہولسوائل تھا، راہ گیر مجھے ایسی نظروں سے دیکھ رہے تھے جیسے میں چڑیا گھر کا جانور دکھتا تھا، لیکن یہ بات اس وقت کی ہے جب میں بہت چھوٹا تھا، اب یہ حال ہے کہ دنیا کا بڑے سے بڑا اعجوبہ بھی مجھے حیرت زدہ نہیں کر سکتا۔

میں نے بڑے اطمینان سے سانس لی اور دھیرے دھیرے چلتے ہوئے براسا منہ بنا کے دکانوں اور عمارتوں پر نظر ڈالی۔ جب مجھے یقین ہو گیا کہ تقریباً ایک درجن راہ گیروں نے اچھی طرح میرا حلیہ دیکھ لیا ہے تو ٹہلتا ہوا بینک کے اندر داخل ہو گیا۔ بینک کا کل رقبہ تیس مربع فٹ سے زیادہ نہ تھا۔ دروازے پر ایک بڑے میاں اسٹول پر بیٹھے اونگھ رہے تھے۔ قریب ہی ایک رائفل دھری تھی۔

اندر داخل ہوتے ہی خزانچی کا کاؤنٹر پڑتا تھا جس پہ تین کھڑکیاں بنی ہوئی

تھیں۔ وہاں ایک پینتیس چالیس سالہ عورت بیٹھی تھی۔ باقی حصے میں میزیں پڑی تھیں جن پر فائلوں کے ڈھیر لگے ہوئے تھے۔ ایک طرف لوہے کی ایک الماری تھی اور قریب ہی ایک بڑی سی تجوری تھی۔ ذراہٹ کر ایک بڑی میز تھی جس کے پیچھے ایک بہت موٹا آدمی تھا، مجھے معلوم تھا کہ وہ بینک منیجر ہے۔ میں سیدھا اس کے پاس جاسکتا تھا۔ مگر میں چارلی کی ہدایت پر عمل کرتا ہوا کاؤنٹر کی طرف بڑھا اور خاتون خزانچی کی طرف سوالیہ نظروں سے دیکھ کر کہا۔ "مجھے ڈولے سے ملنا ہے"۔

اس نے بڑی غور سے میرا حلیہ دیکھا پھر انگلی سے اسی موٹے آدمی کی طرف اشارہ کر دیا۔

مسٹر ڈولے کے سامنے کوئی مفلوک الحال کاشت کار بیٹھا تھا۔ اس کے بال سفید تھے، کمر بالکل سیدھی اور چہرہ پر وقار تھا۔ اس کے استخوانی ہاتھ بڑے بڑے سیاہ بالوں سے بھرے ہوئے تھے، وہ دھیمے لہجے میں مسٹر ڈولے کے سامنے اپنی مالی مجبوریاں بیان کر رہا تھا، وہ غالباً اس سے قرض کی درخواست کرنے آیا تھا۔ میز کے سامنے چوں کہ صرف ایک کرسی تھی، اس لیے میں دائیں طرف پڑی بینچ پر بیٹھ گیا اور مسٹر ڈولے کو نگاہوں سے اپنی طرف متوجہ کرنے کی کوشش کرنے لگا۔

جیسے ہی ان کی نظر مجھ پر پڑی، وہ چوکنا ہو گیا اور کسان سے بولا۔ "آج کل رقم کی بہت کمی ہے جناب! میں آپ کی کوئی مدد نہیں کر سکتا۔ آپ تشریف لے جاسکتے ہیں"۔

مسٹر ڈولے نے اس غریب کسان کو بڑی نخوت سے جھڑک دیا اور فوراً

کھڑے ہو کر مصافحے کے لیے ہاتھ بڑھایا۔ ڈولے کے انداز سے بد تمیزی اور توہین کا پہلو نکلتا تھا۔ کسان کا چہرہ خفت سے سرخ ہو گیا۔ اس نے خاموشی سے مصافحہ کیا اور چلا گیا۔ مجھے اس بے چارے پر رحم اور ڈولے پر شدید غصہ آیا، اگر وہ یہی انکار نرم لہجے میں کر دیتا تو اس کا کیا بگڑ جاتا؟

"فرمایئے جناب؟" ڈولے نے انجان بنتے ہوئے بلند آواز میں مجھ سے پوچھا۔

"میرا نام اسمتھ ہے، میں وچیتا سے آیا ہوں"۔ میں نے پہلے سے طے شدہ شناختی جملہ دہرایا۔

"اوہ ہاں! بڑی خوشی ہوئی آپ سے مل کر مسٹر اسمتھ! ٹیلی فون پر آپ سے گفتگو ہوئی تھی، جیسا کہ میں نے آپ کو بتایا، ہمارے پاس بہت عمدہ جائیدادیں موجود ہیں۔ مجھے یقین ہے آپ ان میں سے کسی کا انتخاب کر لیں گے، تشریف رکھیے"۔

ڈولے بلند آواز میں بول رہا تھا۔ وہ یہ گفتگو خاتون خزانچی اور چوکیدار کو سنانا چاہتا تھا تاکہ بعد میں وہ لوگ پولیس کو اس کے حسب منشا بیان دے سکیں۔ پھر اس نے خاتون خزانچی کو براہ راست مخاطب کرتے ہوئے کہا:

"ہلڈا! ذرا سامنے والے ریستوان کو دو کپ کافی بھجوانے کا کہہ آؤ۔"

ہلڈا جیسے ہی بینک سے باہر نکلی' میں نے کوٹ کی اندرونی جیب سے ریوالور نکالا اور چلا کر چوکیدار سے کہا۔ "ادھر آؤ! اپنی رائفل وہیں زمین پر پھینک دو ورنہ میں مسٹر ڈولے کا بھیجا اڑا دوں گا۔"

بڑے میاں پہلے تو میری آواز سن کر چونکے مگر جب صورتحال ان کی سمجھ میں

آئی تو چہرہ زرد ہو گیا۔ وہ لرزتی ہوئی ٹانگوں سے میرے قریب آ گئے۔ "گھوم جاؤ۔" میں نے حکم دیا۔ گھومتے ہی میں نے ان کے سر کے پچھلے حصے پر ریوالور مارا، وہ نہایت سعادت مندی سے بے ہوش ہو گیا۔

"رقم کہاں رکھی ہے؟" میں نے ڈولے سے پوچھا۔

"تجوری میں ایک تھیلے کے اندر۔" اس نے جواب دیا۔ "اور ہاں ہلڈا کی درازیں بھی نہ بھولنا۔"

"فکر نہ کرو، تجوری کھول دو، باقی کام میرا ہے۔"

ڈولے نے تجوری کھول دی۔ میں نے اندر رکھا ہوا کینوس کا تھیلا نکال لیا، وہ نوٹوں کی گڈیوں سے بھرا ہوا تھا۔

"اب جلدی سے تم بھی گھوم جاؤ۔" میں نے ڈولے سے کہا۔

"دیکھو، زیادہ زور سے نہ مارنا اور اتنی ہلکی چوٹ بھی نہ لگے کہ پولیس کو شبہ ہو جائے'۔' ڈولے بولا۔

"مجھے معلوم ہے، چارلی نے مجھے سب کچھ سمجھا دیا تھا۔ دیر نہ کرو، جلدی سے گھوم جاؤ۔" میں نے ریوالور کا دستہ ڈولے کی کنپٹی پر مارا، وہ فوراً ڈھیر ہو گیا، اس لیے کہ میں نے ضرورت سے زیادہ قوت استعمال کی تھی، میں نے ریوالور کا دستہ پھر اس کے سر پہ بجایا۔۔۔۔۔۔ یہ اس کسان کی طرف سے تھا جو مجھے بے حد شریف اور ضرورت مند نظر آرہا تھا۔ ڈولے نے واقعی اس سے بڑی بدتمیزی کی تھی۔

میں تجوری کھلی چھوڑ کر تیزی سے کاؤنٹر کی طرف بڑھا اور ہلڈا کی تمام درازیں نکال کر اوپر رکھ لیں۔ ان میں سے مختلف نوٹوں کی گڈیاں اٹھائیں اور انہیں اپنے

کوٹ کی جیبوں میں ٹھونس لیا۔ اب تک کوئی گاہک اندر داخل نہیں ہوا تھا مگر میں اپنی خوش قسمتی کا مزید امتحان لینا نہیں چاہتا تھا۔ اس کے علاوہ مجھے خاتون خزانچی کی واپسی کا ڈر بھی تھا۔ میں بھاگتا ہوا بینک سے باہر نکلا، میری گاڑی سامنے کھڑی تھی، آس پاس کوئی راہ گیر بھی نہیں تھا، میں بڑے اطمینان سے چلتا ہوا گاڑی میں بیٹھا اور اسے چلا کر تیز رفتاری سے روانہ ہو گیا۔ صرف ایک منٹ بعد میں قصبے سے باہر، شاہراہ پر سفر کر رہا تھا۔

عام حالات میں کوئی بھی اس بینک پر ہاتھ ڈالنے کی جرات نہ کرتا۔ اسے لوٹنا تو بہت آسان تھا لیکن وہاں سے فرار ہونا ناممکن کیوں کہ اس قصبے سے نکلنے کا صرف ایک ہی راستہ تھا اور دونوں طرف میلوں تک کوئی آبادی نہیں تھی، اگر پولیس کو بینک لٹنے کی اطلاع گھنٹے بعد بھی ملتی، تو وہ سڑک کی ناکا بندی کر کے اس بدنصیب فنکار کو بآسانی گرفتار کر سکتی تھی، وہ اس طرح کہ قریب ترین قصبوں کی پولیس کو فون پر اس واردات کی اطلاع دے دی جاتی، جب وہ غریب کسی ایک قصبے کے قریب پہنچتا، تو وہاں پولیس اس کے استقبال کے لیے پہلے سے تیار ہوتی، وہ بے چارہ درمیان میں کہیں غائب نہیں ہو سکتا تھا۔

تقریباً دس میل طے کرنے کے بعد اترائی شروع ہو گئی۔ میں نے عقبی آئینے میں دیکھا، اب تک تعاقب میں کوئی گاڑی نظر نہیں آئی تھی، اترائی کی وجہ سے ہولسوائل میری نظروں سے اوجھل ہو گیا۔ پھر برساتی ندی پر بنا ہوا ایک پل نظر آیا، میں نے پل کے قریب سے گاڑی دائیں طرف کچے میں اتار دی اور ندی کنارے سفر کرنے لگا۔ کچے راستے پر مجھے ٹائروں کے بہت سے نشانات نظر آئے

اور کچھ فاصلے پر درختوں کا ایک جھنڈ دکھائی دیا۔ اس علاقے میں بارش اتنی نہیں ہوتی تھی کہ سال بھر درختوں کی ضروریات پوری کرسکتی اس لیے میلوں تک کوئی درخت نہیں تھا۔ ندی کے کنارے درختوں کا یہ واحد جھنڈ تھا۔ دن کے وقت یہ جگہ بالکل سنسان ہوتی تھی لیکن آج سنسان نہیں تھی کیوں کہ جھنڈ میں چارلی میرا انتظار کررہا تھا۔

میں نے اپنی گاڑی چارلی کی گاڑی کے پیچھے روک دی اور نوٹوں کا تھیلا اٹھا کر باہر نکلا۔ چارلی نے مجھے دیکھ کر اپنی گاڑی کا دروازہ کھولا، اس کے ہاتھوں میں ایک موٹا فولادی تار تھا جسے وہ پھرتی کے ساتھ میری گاڑی کے اگلے اور اپنی گاڑی کے عقبی حصے سے باندھنے لگا۔ میں نے جلدی سے اپنی گاڑی پر لگی ہوئی نمبر پلیٹیں اتاریں جن پر ریاست کینساس کا نمبر لکھا ہوا تھا، پھر ٹیکساس ریاست کے نمبر والی دوسری پلیٹیں بغلوں میں دبائے چارلی کے ساتھ اس کی گاڑی میں بیٹھ گیا۔

ہم کچے راستے پر ایک جانب چل دیے۔ دونوں طرف گیہوں کے کھیت تھے، لیکن فصل کٹ چکی تھی، اس لیے اب وہ چٹیل میدان دکھائی دے رہے تھے، میری گاڑی چارلی کی گاڑی سے بندھی ہوئی پیچھے پیچھے آرہی تھی۔ "سب کچھ ٹھیک رہا؟" کچھ دیر بعد چارلی نے پہلی بار زبان کھولی۔

"ہاں، ہر کام منصوبے کے مطابق ہوا۔ کوئی گڑبڑ بھی نہیں ہوئی۔" میں نے اپنا کوٹ اتارتے ہوئے جواب دیا۔ پھر میں نے ٹائی، نقلی بالوں کی وگ، نقلی مونچھیں اتاریں، انہیں کوٹ کی اندرونی جیبوں میں ٹھونسا اور قمیض کے کالر کھول دیے۔

چارلی میری زبان سے کامیابی کی خبر سن کر خوش ہوا اور مطمئن انداز میں سر

ہلانے لگا۔ چند میل طے کرنے کے بعد اس نے گاڑی روک دی اور دوستانہ لہجے میں کہا۔ "میں پانچ روز بعد واپس آؤں گا۔ اگر پولیس نے اپنی ناکابندی جلد ختم کر دی، تو پہلے بھی آسکتا ہوں۔ تم میرے آنے تک آرام کرو۔"

میں اپنا کوٹ، رقم کا تھیلا اور نمبر پلیٹیں لے کر نیچے اترا اور چارلی کے سامنے کھڑا ہو گیا۔ وہ اپنی گاڑی میں بیٹھا تھا، ہم دونوں چند سیکنڈ تک ایک دوسرے کی نظروں میں نظریں گاڑے رہے۔ وہ چند سیکنڈ میرے لیے چند ماہ کی طرح بھاری تھے۔ میں اتنا بے وقوف نہیں تھا کہ گاڑی سے اترتے ہی چارلی کی طرف پشت کر کے مقررہ جگہ کی جانب چل دیتا، میرا اصول ہے کہ اگر میں گاڑی میں کسی کو لفٹ دوں تو اسے اپنی گاڑی چلانے کی اجازت کسی حالت میں نہیں دیتا، لیکن چارلی سے یہ بے وقوفی ہو گئی تھی۔

منصوبہ اس نے بنایا، مسٹر ڈولے کا تعاون اسی نے حاصل کیا، تمام انتظامات اس نے کیے پھر اپنی گاڑی کا اسٹیئرنگ بھی میرے ہاتھوں میں دے دیا، وجہ میں پہلے ہی بتا چکا ہوں کہ چارلی نے محض مجبوری کے تحت مجھے اس کام میں شریک کیا تھا۔ ڈاکا ڈالنے کے بعد اسے میری ضرورت نہیں رہی تھی، اس لیے میں گیند اپنے قبضے میں رکھنا چاہتا تھا تاکہ اسے میری ضرورت رہے۔ یہی وجہ تھی کہ میں نے رقم اس کے حوالے نہیں کی اور نہ اس کی طرف پیٹھ موڑی۔

چند سیکنڈ کا وقفہ گزرنے کے بعد اس نے ایکسلیٹر پر دباؤ ڈالا اور دونوں گاڑیاں آگے روانہ ہو گئیں، میں اس وقت تک اپنی جگہ سے نہیں ہلا جب تک وہ میری نظروں سے اوجھل ہو گئیں، پھر میں پیدل چلتا ہوا قریبی کھیت کے وسط میں پہنچا۔

ایک جگہ مٹی سے اٹے ہوئے لکڑی کے دو بڑے تختے پڑے تھے، میں نے وہ تختے ہٹائے اور اندر جھانک کر دیکھا، روپوش ہونے کی بے مثال ترکیب چارلی کے ذہن کی پیداوار تھی، یہ گڑھا ہم دونوں نے کئی دن قبل تیار کر لیا تھا۔

گڑھا بہت بڑا نہیں تھا لیکن اس میں آسائش کا تمام سامان موجود تھا۔ سونے کے لیے بہترین گدا، وقت گزاری اور دل بہلانے کے لیے ریڈیو اور ٹی وی، کھانے کے لیے بند ڈبوں میں سامان، پینے کے لیے پانی اور مشروبات۔ میں نے اندر چھلانگ لگائی اور کھڑے ہو کر گڑھا دوبارہ تختوں سے ڈھک دیا۔ مجھے بخوبی احساس تھا کہ یہ گڑھا جہاں میری حفاظت کی ضمانت ہے، وہیں میری قبر بھی بن سکتا ہے۔ مجھے علم تھا کہ پولیس کے دستے میری تلاش میں ادھر ادھر مارے مارے پھریں گے لیکن اس کھیت میں وہ قدم بھی نہیں رکھیں گے کیوں اس چٹیل میدان میں میلوں دور سے آدمی تو آدمی، چڑیا کا بچہ تک نظر نہیں آسکتا، ادھر میں مزے سے اندر بیٹھا ریڈیو، ٹی وی اور ٹھنڈے مشروب سے دل بہلا تا رہوں گا۔

چوں کہ چارلی ایک انسان تھا، اس کے دل میں بے ایمانی آسکتی تھی اور اسے اس گڑھے کا علم بھی تھا چنانچہ میں نے فیصلہ کیا کہ دن کے وقت سویا اور رات کو جاگا کروں گا تا کہ کہیں وہ میری لاعلمی میں اس گڑھے کو میری قبر نہ بنا دے، میں نے اپنا لباس تبدیل کیا اور پچھلے لباس کی تمام اشیاء گڑھے میں ایک اور چھوٹا سا گڑھا کھود کر دبا دیں، اس کے بعد رقم گننے بیٹھ گیا، پچھتر ہزار ڈالر سے زیادہ رقم تھی، میں نے اسے تین مساوی حصوں میں تقسیم کیا، تینوں حصے علیحدہ علیحدہ چمڑے کی بیلٹوں میں حفاظت سے رکھے اور بیلٹیں قمیض کے نیچے کمر کے گرد لپیٹ لیں، ایک حصہ میرا

تھا، دوسرا چارلی اور تیسرا مسٹر ڈولے کا۔

صرف دو روز بعد پولیس کے جوش و خروش میں کمی آنی شروع ہوگئی، سب کو یقین تھا کہ ڈاکو گرفتار ہو جائے گا کیوں کہ وہ اس علاقے سے باہر نکل ہی نہیں سکتا۔ سبھی کو اس نشریے کا شدت سے انتظار تھا کہ ڈاکو پکڑا گیا اور رقم برآمد کرلی گئی، میں مسکرانے کے سوا اور کیا کر سکتا تھا؟

میں اس گڑھے میں ایک مہینے بھی قیام کے لیے تیار تھا کیوں کہ یہ جگہ برسوں جیل میں رہنے سے بدرجہا بہتر تھی۔ یہاں مجھے کوئی تکلیف بھی نہیں تھی، ہر آرام میسر تھا، مجھے یقین تھا کہ زیادہ سے زیادہ ایک ہفتے بعد میری تلاش ترک کردی جائے گی اور پھر پولیس میرے حیرت انگیز فرار پر قیاس آرائیاں شروع کردے گی۔

چوتھے روز شام کے وقت سیاہ بادلوں نے اچانک آسمان تاریک کردیا، ہوائیں تیز ہوگئیں اور دیکھتے ہی دیکھتے موسلا دھار بارش شروع ہوگئی، آندھی اور طوفان کے ساتھ بارش ہونے کا امکان ہم میں سے کسی کے ذہن میں نہیں آیا تھا، صرف چند منٹ میں لکڑی کے تختوں پر جمی ہوئی مٹی بالکل صاف ہوگئی اور پانی گڑھے میں نالے کی طرح گرنے لگا، میں پانی میں شرابور ہوگیا، میرا بستر مٹی، کیچڑ اور پانی میں ڈوب گیا، کھانے پینے کا سامان بھی خراب ہوگیا۔

میں نے اس افتاد سے گھبرا کر گڑھے سے سر نکالا اور جائے پناہ کی تلاش میں ادھر ادھر نظر ڈالی، دفعتہ ہوا کے ایک زبردست جھونکے سے لکڑی کا ایک تختہ میری کھوپڑی کے ساتھ کچھ اس طرح ٹکرایا کہ آسمان پر کالے بادلوں کے باوجود آنکھوں کے سامنے بے شمار تارے رقص کرنے لگے، میں دونوں ہاتھوں سے سر

پکڑ کر بیٹھ گیا۔

جب ذرا مطلع صاف ہوا اور ہوش و حواس بحال ہوئے تو مجھے خیریت اسی میں نظر آئی کہ فوراً گڑھے سے باہر جاؤں دوسری صورت میں میرا ڈوب مرنا یقینی تھا، باہر نکلتے ہی ایک طوفانی بگولے نے مجھے اپنی لپیٹ میں لے لیا اور میں دوسرے ہی لمحے اس گردباد پر سوار فضا میں پرواز کر رہا تھا۔ معاً کسی ٹھوس چیز کے ٹکرانے سے میری پرواز ختم ہوگئی، دائیں پیر میں درد کی ایک شدید لہر اٹھی اور میرا ذہن تاریکیوں میں ڈوبتا چلا گیا۔

جب مجھے ہوش آیا تو میں نے خود کو سیمنٹ کے ایک چار فٹ اونچے ستون کے قریب پڑا ہوا پایا۔ طوفان گزر چکا تھا۔ آسمان بالکل صاف تھا اور تارے جھلملا رہے تھے۔ کچھ فاصلے پر اسی قسم کا ایک اور ستون نظر آیا۔ یہ ستون غالباً کھیتوں کی حد بندی کے لیے بنائے گئے تھے، میری دائیں ٹانگ جسم کے نیچے ایک ناقابل یقین زاویے سے مڑی اور دبی ہوئی تھی، بار بار درد کی ٹیسیں اٹھ رہی تھیں، میں بری طرح بھیگا ہوا اور سردی سے کانپ رہا تھا۔

ٹانگ سیدھی کرنے اور زمین پر پیٹ کے بل لیٹنے میں مجھے پندرہ منٹ لگ گئے۔ پیدل چلنا بھی ناممکن تھا اور بے یارو مددگار وہیں پڑے رہنا بھی محال تھا۔ آگے بڑھنے کی صرف یہی صورت تھی کہ زمین پر پیٹ کے بل کھسکتا ہوا آگے بڑھنے لگا۔ مجھے کوئی اندازہ نہیں تھا کہ قریب ترین مکان کس طرف ہو گا؟ قسمت پر بھروسا کرتے ہوئے میں نے مشرق کی طرف چلنا شروع کر دیا۔

اس طرح کھسکتے ہوئے نہ معلوم میں نے کتنا سفر طے کیا۔ جب صبح نمودار ہوئی

تو مجھے کچی سڑک کے قریب ڈاک کا ایک ڈبا نظر آیا، سامنے کچھ فاصلے پر پیلے پتھروں کا ایک مکان تھا۔ اس کی کھڑکیوں سے زرد روشنی باہر آرہی تھی، مکان کے رہنے والے بیدار ہوچکے تھے، میں گھسٹتا ہوا مکان کی طرف بڑھنے لگا، دہلیز کے قریب پہنچ کر جب میں نے آواز دینے کے لیے منہ کھولا، تو سیاہ رنگ کا ایک قدر آور کتا غرایا اور بھونکتا ہوا میری طرف لپکا، اس نے میری زخمی ٹانگ کی پتلون کا پائنچا جبڑوں میں دبالیا اور مجھے بے دردی سے گھسیٹنے لگا۔ ٹانگ میں درد کی شدید لہر اٹھی جو میرے لیے ناقابل برداشت تھی مگر قسمت مجھ پر مہربان ہوگئی اور میں ایک مرتبہ پھر بے ہوش ہوگیا۔

جب مجھے دوبارہ ہوش آیا، تو میں بڑے کمرے میں ایک بستر پر لیٹا تھا، میرے جسم پر ایک سفید چادر پڑی تھی، کسی نے دائیں ٹانگ پر چھوٹی چھوٹی لکڑیاں باندھ کر پٹی کردی تھی۔

میرے سامنے اس کے سوا کوئی چارہ نہیں تھا کہ بستر پر لیٹا رہوں اور آرام کروں۔

اچانک دروازہ کھلنے اور بند ہونے کی آواز آئی، چند سیکنڈ بعد ایک دراز قد معمر شخص اندر داخل ہوا، میں اسے دیکھتے ہی پہچان گیا، یہ وہی کسان تھا جو بینک میں مسٹر ڈولے سے قرض کی درخواست کررہا تھا، مجھے بیدار دیکھ کر وہ بہت خوش ہوا۔ اس کا نام پرائڈ تھا۔

"ہیلو بیٹے!" اس نے میرے پاس آکر کہا۔ "اب کیسے ہو تم؟ تم مسلسل ڈیڑھ دن سوتے رہے ہو۔"

سالہا سال بعد کسی نے مجھے بیٹا کہہ کر پکارا تھا۔ میں نے غور سے اسے دیکھا، اس کی عمر اتنی ضرور تھی کہ مجھے بیٹا کہہ کر پکار سکتا۔ "اب پہلے سے بہتر ہوں۔" میں نے جواب دیا۔

اس نے پلٹ کر کسی کو آواز دے کر بلایا۔ "جاؤ اس بے چارے کے لیے کھانے کا انتظام کرو۔"

بوڑھے نے مجھ سے کہا۔ "سب سے پہلے تم مجھے ڈاکے کے بارے میں بتاؤ؟"

"اس سے پہلے آپ یہ بتایئے کہ آپ کون ہیں؟" نہ جانے کیوں اس معمر کسان کے چہرے پر نظر پڑتے ہی میرے دل میں اس کے لیے احترام پیدا ہونے لگا تھا۔

"ضرور بیٹے!" اس نے کہا۔ "میں سمجھا تھا کہ بچوں نے تمہیں سب کچھ بتا دیا ہو گا۔"

"کون سے بچے؟" میں نے تعجب سے پوچھا۔

"دراصل اس گھر میں میرے علاوہ میرے تین پوتے پوتیاں بھی رہتے ہیں۔ بڑے ہی اچھے بچے ہیں مجھے ان کی وجہ سے بہت آرام ہے۔" کسان نے کہا۔

میں نے استری کرنے کے اسٹینڈ کی طرف دیکھا اور پوچھا۔ "میری نوٹوں کی گڈیاں اور سامان یہ سب کس نے ادھر رکھے۔" اس نے میری گفتگو کی تلخی کو محسوس کرتے ہوئے بتایا۔

"بیٹا یہ میرے پوتے پوتیوں نے رکھا ہے۔ یہ بیچارے تو خدمت کر کے خوش ہوتے ہیں۔"

"لیکن کیوں؟ آپ لوگوں کی یہ ہمدردی میری سمجھ سے باہر ہے۔"

"ہم نہ بینکوں کو پسند کرتے ہیں نہ بینکاری کو۔ ہمیں بینک مالکان اور منیجروں سے سخت نفرت ہے۔" کسان نے کہا۔

میں اس نفرت کی وجہ سمجھ گیا، میرے تصور میں وہ منظر گھوم گیا، جب ڈولے نے بڑی حقارت سے اس کی درخواست ٹھکرائی تھی۔ "اچھا۔" میں نے بے پروائی سے کہا۔

"آپ ڈاکے کے بارے میں کیا جاننا چاہتے ہیں؟ تفصیلات تو آپ نے اخبار میں پڑھ لی ہوں گی؟"

معمر کسان بستر پر میرے قریب بیٹھ گیا اور بولا۔ "تم نے ڈولے کے سر پر ریوالور کا دستہ مارا تو کیا وہ چیخا تھا؟"

"ہاں۔" میں نے یقین دلایا۔ "کسی جنگلی کتے کی طرح حلق پھاڑ کر چیخا تھا۔"

بڑے میاں کے چہرے پر خوشی کے جذبات ابھر آئے۔

اسی وقت بچے کھانے کی ٹرے لیے کمرے میں داخل ہوئے۔ کھانے پر نظر پڑتے ہی میری بھوک چمک گئی، مجھے پہلی بار احساس ہوا کہ میں بہت بھوکا ہوں۔ بڑے میاں کمرے سے باہر چلے گئے، چند منٹ بعد جب وہ واپس آئے تو ان کے ہاتھ میں اخبارات تھے۔ "شاید تم خبریں پڑھنا پسند کرو؟"

میں کھانے کے دوران سرخیوں پر نظر ڈالتا رہا۔ پہلا اخبار واردات والے دن کا تھا، اس میں ڈکیتی کی تفصیلات لکھی تھیں اور میرا حلیہ تفصیل سے درج تھا، یہ بھی

لکھا تھا کہ ڈاکو نے مسٹر ڈولے کو بڑی بے رحمی سے مارا اور بہت بڑی رقم لے کر فرار ہوا جس کا ابھی صحیح اندازہ نہیں لگایا جاسکا۔ پھر تین دن کے اخبارات پولیس کی کوششوں سے بھرے ہوئے تھے۔

چوتھے دن کے اخبارات طوفان کی تباہ کاریوں کا اعلان کر رہے تھے، تازہ ترین اخبار میں ڈکیتی کی خبر ایک بار پھر صفحہ اول پر شائع ہوئی تھی کیوں کہ طیاروں نے اوپر سے گڑھا دیکھ لیا تھا اور پولیس کی تلاشی سے بڑے سنسنی خیز انکشافات ہوئے تھے، گڑھا کھود کر میرا لباس، نقلی بال اور مونچھیں برآمد کرلی گئی تھیں اور پولیس میرے حلیے کے بارے میں غیر یقینی کیفیت کا شکار ہوگئی تھی۔

اسی صفحے پر ایک اور چھوٹی سی خبر درج تھی کہ ٹیکساس کا ایک تاجر ایک حادثے میں ہلاک ہوگیا۔ وہ پرانی گاڑیوں کی خرید و فروخت کا کاروبار کرتا تھا اور اس کا نام چارلی تھا، چارلی کی موت کا مجھے بے حد افسوس ہوا۔ چارلی نے جب آندھی، طوفان اور بارش کی خبر پڑھی ہوگی تو فوراً میری خبر گیری کے لیے دوڑا ہوگا۔ عجلت میں وہ ایک ٹریکٹر سے ٹکرا کر ہلاک ہوگیا۔

میں کاروبار میں بددیانتی سے سخت نفرت کرتا تھا، پہلے اخبار سے یہ بھی معلوم ہوا کہ ڈولے نے بے ایمانی کی ہے۔ اسے پڑھ کر میں نے فیصلہ کیا تھا کہ اب میں اور چارلی آدھی آدھی رقم بانٹ لیں گے، بینک کا حساب کتاب جانچنے سے یہ ثابت ہوا تھا کہ ڈاکو ایک لاکھ ڈالر سے زائد رقم لے کر بھاگا ہے، اس کا مطلب یہ تھا کہ ڈولے نے واردات سے پہلے ہی پچیس ہزار ڈالر ہڑپ کر لیے تھے جس کا سارا الزام میرے سر آرہا تھا، اس طرح گویا اس نے اپنا حصہ پہلے ہی وصول کرلیا۔ اب چارلی کی موت

کے بعد ساری رقم صرف میری تھی۔

شام کے وقت چند پولیس والے تفتیش کرتے ہوئے مسٹر پرائڈ کے مکان پر بھی آئے، ان کا کتا انہیں دور سے دیکھتے ہی بھونکنے لگا۔ اس لیے ہمیں اتنا وقت مل گیا کہ ہم بچوں کو صحیح جوابات سمجھا سکیں۔ مسٹر پرائڈ اور بچوں نے انہیں مطمئن کر کے واپس بھیج دیا۔

چھ ہفتے بعد مسٹر پرائڈ نے پٹی کھول دی اور میں دوبارہ چلنے پھرنے لگا۔ ایک رات میں نے اپنا دھلا ہوا استری شدہ لباس پہنا، نوٹوں کی بیلٹیں کمر کے گرد لپیٹیں اور مسٹر پرائڈ کے ساتھ ان کی پرانی پک اپ میں سوار ہو گیا۔ مجھے وہاں سے جانے کی اتنی جلدی نہیں تھی، میں وہ گھر اور اس کے ماحول کو پسند کرنے لگا تھا۔ چھ ہفتے میں بڑے مزے میں گزارے تھے لیکن بڑے میاں نے مجھے مزید قیام کی اجازت نہیں دی، کہنے لگے۔ "اب تم تندرست ہو گئے ہو اور جا سکتے ہو۔"

مسٹر پرائڈ نے مجھے ٹیکساس شہر کے بس اسٹاپ پر اتار دیا۔ پولیس نے کئی روز پہلے میری تلاش بند کر دی تھی، اس لیے ہمیں سفر میں کوئی پریشانی نہیں ہوئی، میں نے گاڑی سے اترنے سے پہلے قمیص کے بٹن کھولے اور نوٹوں کی ایک بیلٹ ہاتھ میں لیتے ہوئے کہا۔ "مسٹر پرائڈ اظہار تشکر کے طور پر میں آپ کو کچھ پیش کرنا چاہتا ہوں۔"

مسٹر پرائڈ نے میری طرف دیکھا، پہلے تو ان کی سمجھ میں نہیں آیا۔ پھر جب وہ سمجھے تو ان کا چہرہ شرم سے سرخ ہو گیا اور مٹھیاں غصے سے تن گئیں۔ "میں تم سے کچھ نہیں لینا چاہتا۔" انہوں نے میرا ہاتھ پکڑ لیا۔ "ہمارے خلوص کی اتنی بڑی سزا نہ

دو بیٹے!"

"مسٹر پرائڈ! یہ پیش کش آپ کے لیے نہیں، آپ کے پوتوں پوتیوں کے لیے ہے جنہیں آپ کالج میں تعلیم دلوانا چاہتے ہیں۔ آپ کو شاید علم نہیں کہ آج کل تعلیمی اخراجات کس قدر زیادہ ہیں۔ آپ کی معاشی حالت بھی کچھ عرصے سے درست نہیں۔ یہ میری طرف سے ان بچوں کے لیے حقیر سا تحفہ ہے۔

مسٹر پرائڈ نے کچھ کہے بغیر بزرگانہ انداز میں مجھے گاڑی سے دھکا دیا اور گاڑی ایک جھٹکے سے فوراً آگے بڑھ گئی۔

میں سوچتا ہوں کہ اگر مسٹر پرائڈ یہ رقم مار لیتے یا مجھ سے اس کا کچھ حصہ قبول کر لیتے، تو آج میری زندگی کتنی مختلف ہوتی، میرے پاس نہ چھوٹا سا خوب صورت سا مکان ہوتا، نہ ہی پیار کرنے والا خاندان، مسٹر پرائڈ کے ہمدردانہ رویے نے میرا زہر نکال دیا تھا اور اب میں ایک بے ضرر سانپ تھا۔

***

۲

ٹام سائر

تحریر: مارک ٹوئن

ترجمہ: مسعود احمد برکاتی ، تلخیص: عمیر صفدر

"ٹام!" خالہ پولی نے اونچی آواز سے پکارا۔

اس وقت انہیں اپنے پیچھے کچھ شور سا سنائی دیا۔ وہ تیزی سے گھومیں۔ ایک چھوٹا سا لڑکا بھاگتا ہوا ان کے قریب سے گزرا۔ انہوں نے فوراً ہی اسے پکڑ لیا۔ "تم کیا لے کر بھاگ رہے ہو؟"

"کچھ نہیں۔"

"کچھ نہیں؟ ذرا اپنے ہاتھوں اور منہ کو تو دیکھو۔ یہ کیا لگا ہوا ہے ان پر۔ تم سے کتنی مرتبہ کہا ہے جام کو ہاتھ نہ لگایا کرو مگر تم سنتے ہی نہیں۔"

خالہ پولی نے چھڑی ہاتھ میں لیتے ہوئے بلند کی۔ اب ٹام کی پٹائی ہونے والی تھی۔

"ارے خالہ جان چوہا" وہ ایک دم چلایا۔

خالہ پولی ایک دم گھوم گئیں۔ ٹام کے لیے اتنی مہلت کافی تھی۔ وہ ایک دم کمرے سے نکل کر بھاگا اور باغ کی باڑھ پھلانگ کر غائب ہو گیا۔

خالہ لمحہ بھر کے لیے ہکابکارہ گئیں پھر وہ ہنسنے لگیں۔

"کیا آفت کا پر کالہ ہے۔ آج تو یہ ضرور اسکول سے غیر حاضر رہے گا مگر میں اسے چھوڑوں گی نہیں۔ میں کل اس سے خوب محنت کراؤں گی اور سزا بھی ضرور دوں گی۔ ہفتہ کے دن اس سے کام کرانا بہت مشکل ہوتا ہے۔ جب اس کے سب دوست چھٹی منا رہے ہوتے ہیں۔ اسے کام سے جتنی نفرت ہے اور کسی چیز سے بھی نہیں۔ مگر اب میں اس سے کوئی رعایت نہیں برتوں گی۔"

ٹام اس دن اسکول نہ گیا اور ادھر ادھر گھوم پھر کر تفریح کرتا رہا۔ اس رات ٹام خاصی دیر بعد گھر واپس پہنچا۔ جب وہ چپکے سے کھڑکی کے راستے کمرے میں داخل ہوا تو وہاں خالہ پولی کو اپنا انتظار کرتے پایا۔ انہوں نے اسے ڈانٹا پھر کہنے لگیں۔ "تمہاری سزا یہ ہے کہ ہفتہ کے دن جب چھٹی ہوتی ہے تم کام کرو گے۔"

ہفتہ کی صبح ٹام رنگ کی بالٹی اور ایک لمبے دستے والا برش لیے گھر سے باہر نکلا۔ اس نے باڑھ پر نظر ڈالی اور ایک گہری سانس لی۔ وہ باڑھ اچھی خاصی لمبی چوڑی تھی۔ اسے اس کو رنگ کرنا تھا اور یہ کام ایک بھاری بوجھ محسوس ہو رہا تھا۔ اس نے گہری سانس لی اور برش رنگ میں ڈبوتے ہوئے باڑھ کے اوپری تختے کو رنگنے لگا۔ اس تختے کو رنگنے کے بعد وہ پیچھے ہٹ گیا اور باقی تختوں کو دیکھنے لگا۔ اسے یہ خیال بھی تکلیف پہنچا رہا تھا کہ جلد ہی اس کے ساتھیوں کو پتہ چل جائے گا کہ اسے کام پر لگا دیا گیا ہے۔ پھر وہ آکر اسکا مذاق اڑائیں گے۔ اسی وقت بین راجر اس طرف آنکلا۔

وہ سیب کھا رہا تھا اور بڑا اکڑا ہوا دکھائی دے رہا تھا۔ اسے کسی بحری جہاز کا کپتان بننے کا بڑا شوق تھا۔ وہ ویسے بھی اپنے آپ کو ایک بحری جہاز کا کپتان ہی سمجھتا تھا اور ہر وقت یوں اداکاری کیا کرتا تھا جیسے کسی جہاز کے عرشے پر کھڑا ہو۔

"روکو اسے۔ واپسی کے لیے جہاز کا رخ موڑو۔ دائیں طرف۔ دائیں طرف۔" وہ اپنے بازوؤں کو سر کے اوپر دائرے کی صورت میں گھمانے لگا۔ "بس اب ٹھیک ہے۔ تھوڑا چکر دو۔ انجن بند کرو۔ ہاں اب لنگر گرادو۔"

ٹام اس کی طرف توجہ دیے بغیر اپنے کام میں مصروف رہا۔ بین راجر اسے دیکھتا رہا۔ ٹام نے اپنا برش رکھ دیا۔ اور تھوڑا سا پیچھے ہٹ کر رنگ کیے ہوئے تختوں کو ایسی تعریفی نظروں سے دیکھنے لگا جیسے کوئی مصور اپنی بنائی ہوئی تصویر کو دیکھتا ہے۔ پھر اس نے ایک جگہ تھوڑا سا رنگ کیا اور پیچھے ہٹ کر اسے دیکھنے لگا۔ بین راجر اس کے قریب آیا اور پاس کھڑا ہو گیا۔

"ہیلو۔" بین بولا۔ "تم کام میں لگے ہو؟"

"بین یہ تم ہو؟" ٹام نے حیرت ظاہر کی۔ "معاف کرنا میں نے تمہیں دیکھا نہیں تھا۔"

ٹام بدستور اپنا کام کرتا رہا۔ پھر بولا "یہ کام واقعی ٹام سائر کے شایان شان ہے۔"

"یعنی تم اسے پسند کرتے ہو؟ عجیب ہی بات ہے۔" ٹام کا برش مسلسل حرکت کرتا رہا۔

"ہاں کیوں؟ بھلا میں اس کام کو کیوں پسند نہ کروں؟ کسی لڑکے کو ایک باڑھ پر

رنگ کرنے کا موقع روز روز تو نہیں ملا کرتا۔"

بین سیب کھاتے کھاتے رک گیا۔ ٹام تختوں کو رنگتا رہا۔ رنگ کی دوسری تیسری تہہ جماتا رہا۔ بین اس کی ہر حرکت کو بغور دیکھتا رہا۔ اسے ٹام کا کام بہت دلچسپ معلوم ہونے لگا تھا۔ پھر اس نے ٹام سے کہا۔

"ٹام مجھے بھی تھوڑا سا رنگ کر لینے دو۔"

"نہیں بین۔ خالہ پولی اسے ہر گز پسند نہ کریں گی۔ یہ باڑھ گھر کے سامنے والی ہے۔ اگر پچھلی باڑھ ہوتی تو میں اس پر رنگ کرنے کی اجازت دے دیتا۔ اس کو بہت احتیاط اور اچھی طرح رنگ کرنے کی ضرورت ہے تاکہ خالہ پولی مطمئن ہو سکیں۔ میرے خیال میں ہزار دو ہزار لڑکوں میں بھی کوئی ایسا نہ ہو گا جو اس باڑھ پر عمدگی سے رنگ کر سکے۔"

"واقعی؟" لیکن مجھے ایک موقع تو دو پھر دیکھو میں کس طرح رنگ کرتا ہوں۔"

"اچھا چلو۔ میں تمہیں رنگ کرنے دیتا ہوں لیکن غلطی نہ کرنا تم مجھے اپنا یہ سیب دو تو میں تمہیں برش دوں۔"

بین نے ایک نظر اپنے سیب کو دیکھا۔ پھر خوشی خوشی وہ ٹام کو دیتے ہوئے اس سے برش لے لیا۔ جب تک بین راجر تختوں پر رنگ کرتا رہا اور دھوپ میں جلتا رہا۔ ٹام ایک درخت کے سائے میں بیٹھا مزے سے سیب کھاتا رہا۔ اس دوران دوسرے لڑکے بھی آ کر کھڑے ہو گئے۔ ٹام نے انہیں بھی اسی طرح بیوقوف بنایا اور کام پر لگا دیا۔ ٹام نے بلی فشر سے رنگ کرنے کا "اہم" کام لینے کے عوض اس کی پتنگ لے

لی۔ وقت گزرتا گیا۔ ٹام مختلف لڑکوں سے رنگ کرا کر کئی چیزیں جمع کر چکا تھا جن میں بارہ کنچے، چاک کا ٹکڑا، ایک کانا بلی کا بچہ اور ایک ٹین کا سپاہی شامل تھے۔ اب ساری باڑھ رنگی جا چکی تھی۔

"خالہ کیا اب میں کھیلنے کے لیے چلا جاؤں؟" ٹام نے فوراً گھر کے اندر جا کر خالہ پولی سے کہا جو سوئیٹر بننے میں مصروف تھیں۔

"کیا؟ اتنی جلدی۔ تم نے کام ختم کر لیا؟"

"جی ہاں۔"

"جھوٹ مت بولو۔"

"خالہ خود چل کر دیکھ لیں۔" خالہ پولی نے اس کی بات کا یقین نہ کیا اور اٹھ کھڑی ہوئیں۔

"ہوں۔ تو جب تمہارا موڈ ہو تو تم کام کر ہی لیتے ہو۔ اچھا چلو کھیلنے جاؤ۔" خالہ پولی کا اتنا کہنا تھا کہ وہ جھٹ باہر نکل گیا۔

وہ ایک بہت خوشگوار صبح تھی۔ اسکول کی گھنٹی بجی لیکن ٹام نے اسکول کا رخ نہ کیا۔ وہ اس وقت اپنے آپ کو بہت اکیلا محسوس کر رہا تھا۔ وہ سوچ رہا تھا کہ کوئی اس سے محبت نہیں کرتا۔ سب اسے برا سمجھتے ہیں۔ اگر وہ کہیں چلا جائے گا تو کوئی اسے یاد نہیں کرے گا۔ لیکن اس کے چلے جانے پر سب کو اس کے ساتھ کیے گئے اپنے سلوک پر افسوس ضرور ہو گا۔ وہ اسکول سے دور چلا جا رہا تھا کہ اس کی ملاقات جو ہارپر سے ہو گئی۔ وہ بھی ایک دکھی اور اکیلا سا لڑکا تھا۔ وہ تقریباً ہر روز اپنی ماں سے چھوٹی چھوٹی باتوں پر مار کھایا کرتا تھا۔ اس وقت بھی وہ اپنی ماں سے چھپ کر ملائی

کھانے کے جرم میں پٹ کر آرہا تھا۔ وہ اب یہ سمجھتا تھا کہ اس کی ماں اس سے سخت تنگ ہے اور چاہتی ہے کہ وہ گھر سے چلا جائے۔ وہ جب ٹام سے ملا تو وہ خوشی خوشی اس کے ساتھ گھر سے بھاگ جانے پر تیار ہو گیا۔ انہوں نے جیکسن آئی لینڈ جانے کا پروگرام بنایا جو اس جگہ سے چند میل دور دریا میں واقع ایک جزیرہ تھا۔ انہوں نے فیصلہ کیا کہ وہ اس جزیرے پر بحری قزاقوں کی طرح رہیں گے۔ انہوں نے ہکل بیری کو تلاش کیا۔ ہکل بیری ان دونوں کی عمر کا ایک نکما اور ان پڑھ لڑکا تھا۔ اسے ہک کہہ کر پکارا جاتا تھا۔ ہر وقت آوارہ گھومتا رہتا۔ اس کی ماں مر چکی تھی اور باپ شرابی تھا۔ سب گاؤں والے ہکل بیری سے بیزار تھے۔ وہ اپنے بچوں کو ہک کے ساتھ کھیلنے کی اجازت نہ دیتے تھے۔ ٹام کو بھی خالہ پولی نے سختی سے منع کر رکھا تھا کہ وہ ہرگز ہکل بیری کے ساتھ نہ کھیلا کرے۔ مگر ٹام کو وہ لڑکا اچھا لگتا تھا۔ اسے دیکھ کر اس کے دل میں یہ خواہش پیدا ہوتی کہ کاش وہ بھی کبھی ہک کی طرح آزادی اور بے فکری کی زندگی گزار سکے۔ جب ان دونوں نے ہکل بیری کے سامنے اپنا منصوبہ پیش کیا تو وہ بھی ان کے ساتھ اس جزیرے پر جانے کے لیے تیار ہو گیا۔ انہوں نے رات کے دو بجے گاؤں سے باہر دریا کے کنارے ایک جگہ ملنے کا پروگرام طے کیا۔ اس جگہ ایک چھوٹی سی کشتی بندھی رہتی تھی۔ ان میں سے ہر ایک کو اپنے ساتھ مچھلی پکڑنے کا سامان اور کھانے پینے کی چیزیں لانی تھیں۔

آدھی رات کو ٹام اس جگہ پہنچ گیا۔ وہ اپنے ساتھ ابلا ہوا گوشت لایا تھا۔ جو ہار پر بھی اپنے ساتھ ابلا ہوا گوشت لایا تھا ہکل بیری اپنے ساتھ ایک ساس پین اور کچھ اناج لایا تھا۔ پھر انہوں نے کشتی کو پانی میں دھکیلا اور اپنی مہم پر روانہ ہو گئے۔ ٹام

کشتی کے بیچ میں کھڑے ہو کر ہدایات دینے لگا۔ ہارپر اور ہکل بیری نے چپو سنبھال رکھے تھے۔ انہیں جزیرے تک پہنچنے میں ایک گھنٹہ لگ گیا۔ انہوں نے کشتی میں پڑے ہوئے ایک پرانے سے بادبان کا خیمہ کھڑا کیا اور اپنی چیزیں اس میں رکھ دیں۔ انہوں نے فیصلہ کیا کہ وہ بحری قزاقوں کی طرح خیمے سے باہر سویا کریں گے۔

انہوں نے لکڑیوں کے گٹھے اکٹھے کر کے آگ جلائی۔ انہیں اس آزادی کا بڑا لطف آرہا تھا۔ انہوں نے کہا کہ اب وہ کبھی اپنے گھروں کو واپس نہیں جائیں گے۔

"یہ آزادی بھی کیا خوب چیز ہے۔" جو ہارپر بولا۔

"ہاں مجھے تو بہت مزہ آرہا ہے۔" ٹام نے کہا۔

"بحری قزاق بھلا کیا کرتے ہوں گے؟" ہک نے پوچھا۔

"وہ اپنا وقت بڑے مزے میں گزارتے ہیں۔" وہ کچھ دیر تک بحری قزاقوں کی باتیں کرتے رہے۔ پھر انہیں نیند آگئی۔

صبح ناشتے سے فارغ ہو کر وہ جزیرے کا جائزہ لینے نکل کھڑے ہوئے۔ جزیرہ تین میل لمبا اور ڈیڑھ میل چوڑا تھا۔ انہوں نے دریا میں بھی جی بھر کر پیراکی کی۔ لیکن جب وہ دریا کے کنارے پر پہنچے تو وہ کشتی جس میں وہ بیٹھ کر یہاں تک پہنچے تھے، رات کو دریا کے بہاؤ پر بہہ کر دور جا چکی تھی۔ مگر یہ ان کے لیے اتنی پریشانی کی بات نہ تھی کیوں کہ وہ بہت اچھا تیرنا جانتے تھے۔ اس دوران اچانک انہوں نے ایک عجیب سی آواز کہیں دور سے آتے سنی۔

"یہ آواز کیسی ہے؟" ٹام نے کہا۔

"آؤ چل کر دیکھیں۔" ہک بولا۔

وہ تینوں اپنی جگہ سے اٹھ کر بھاگے اور جھاڑیوں میں دبک گئے۔ انہوں نے دیکھا دریا میں ایک چھوٹا جہاز چلا جارہا ہے۔ اس کے ساتھ بہت سی چھوٹی چھوٹی کشتیاں بھی ہیں۔ اس چھوٹے سے جہاز پر بہت سے لوگ سوار تھے۔ پھر جہاز سے ایک توپ کا گولہ نکل کر آسمان پر بلند ہوا اور فضا ہی میں پھٹ گیا اور سفید سفید دھواں آسمان پر چھا گیا۔

"میں سمجھ گیا۔" ہک بولا۔ "کوئی شخص دریا میں ڈوب گیا ہے اور یہ لوگ اسے تلاش کرتے پھر رہے ہیں۔"

"ہاں یہی بات ہے۔" ٹام بولا "پچھلے سال جب بلی ٹرنر دریا میں ڈوب گیا تھا تو انہوں نے ایسا ہی کیا تھا۔ اس مرتبہ جانے کون ڈوب گیا ہے؟"

"میں جانتا ہوں یہ کسے تلاش کرتے پھر رہے ہیں۔" ٹام بولا۔ "یہ ہمیں تلاش کررہے ہیں۔"

یہ خیال آتے ہی ان کے دل خوشی سے بھر گئے۔ لوگوں کو ان کی گمشدگی کا علم ہوگیا تھا۔ وہ ان کے لیے پریشان ہوگئے تھے۔

وہ چھوٹا جہاز کچھ دیر تک دریا میں چکر لگانے کے بعد واپس چلا گیا وہ اس وقت بڑے جوش میں تھے۔ انہوں نے گاؤں کے لوگوں سے بالآخر اپنی اہمیت منواہی لی تھی۔ وہ یہی باتیں کرتے رہے کہ ان کے متعلق کیا کہا جارہا ہوگا۔ پھر رات تک ان کا یہ جوش ٹھنڈا پڑ گیا۔ ٹام اور ہارپر کو اپنے گھروں کی یاد ستانے لگی۔ البتہ ہک کو نیند آنے لگی۔ پھر وہ جلد ہی خراٹے لینے لگا۔ ہارپر کو بھی اس کو دیکھ کر نیند آگئی۔ جب وہ بھی سوگیا تو ٹام اپنی جگہ سے اٹھا اور دریا کی طرف چل پڑا۔

چند منٹوں بعد ٹام پانی میں تیرتا ہوا جزیرے سے دور ہٹتا جارہا تھا۔ جب وہ دوسرے ساحل پر پہنچا تو وہ پانی سے نکل کر دریا کنارے چلنے لگا۔ دس بجے وہ قصبے کے باہر کھلے میدان میں جا پہنچا۔ وہ دریا کے ساحل پر بندھی ہوئی بڑی سی کشتی دیکھ سکتا تھا۔ اس کشتی کے ساتھ ہی ایک چھوٹی کشتی بندھی ہوئی تھی۔ وہ اس چھوٹی کشتی میں جاکر چھپ گیا۔ تھوڑی دیر بعد بڑی کشتی پر لوگ آگئے اور اسے چلاتے ہوئے قصبے کے قریبی ساحل پر لے گئے۔ وہاں پہنچ کر انہوں نے کشتی کو باندھا اور وہاں سے چلے گئے۔ ان کے جانے کے بعد ٹام چھوٹی کشتی میں سے نکلا اور آبادی کی سمت ہو لیا۔ اس نے پیچھے کی طرف جاکر باڑھ پھلانگی اور گھر کی کھڑی سے اندر جھانکا۔ وہاں خالہ پولی، مسز ہارپر بیٹھے باتیں کرتے دکھائی دیئے۔ ان کے اور دروازے کے درمیان ایک پلنگ حائل تھا۔ ٹام دروازے کی طرف گیا اور اس کا ہینڈل گھمانے لگا۔ پھر اس نے آہستہ سے دبایا۔ دروازہ ایک ہلکی سی آواز کے ساتھ کھل گیا۔ ٹام اسے آہستہ آہستہ مزید کھولتا رہا۔ پھر وہ اس میں سے گزر کر تیزی سے پلنگ کے نیچے جاکر چھپ گیا۔ اسی وقت اس نے خالہ پولی کی آواز سنی۔

"میں کہہ رہی تھی۔" خالہ پولی بولیں۔ "وہ کوئی ایسا برا لڑکا نہیں تھا۔ اس نے کبھی کسی کو نقصان نہیں پہنچایا۔ وہ دل کا بہت اچھا تھا۔ بہت اچھی فطرت کا مالک تھا۔" اور اس کے ساتھ ہی وہ رونے لگیں۔

"میرا جو بھی ایسا ہی تھا۔" مسز ہارپر بولیں۔ "وہ شرارتی ضرور تھا لیکن اس کی طبیعت بہت اچھی تھی۔ وہ ایک نیک اور اچھا لڑکا تھا۔ آہ! میں اسے معمولی معمولی باتوں پر کتنا مارا کرتی تھی۔ یہ سوچ سوچ کر مجھے بہت دکھ محسوس ہوتا ہے۔ آہ اب

میں اسے اب کبھی نہ دیکھ سکوں گی۔ بے چارہ۔" وہ پھوٹ پھوٹ کر رونے لگیں۔

ٹام پلنگ کے نیچے چھپا ہوا یہ ساری باتیں سن رہا تھا۔ اسے اپنے کیے پر بہت افسوس ہو رہا تھا۔ اس کا دل چاہ رہا تھا کہ وہ پلنگ کے نیچے سے باہر نکل آئے اور دوڑ کر خالہ پولی سے لپٹ جائے لیکن اس نے اپنے آپ کو ایسا کرنے سے باز رکھا اور خاموشی سے اُن کی باتیں سننے لگا۔ ان کی باتوں سے اسے معلوم ہوا کہ گاؤں کے سب لوگ یہی سمجھ رہے تھے کہ وہ تینوں لڑکے دریا میں تیرتے ہوئے ڈوب کر ہلاک ہو گئے ہیں۔

کافی تلاش کے باوجود دریا سے ان کی لاشیں دست یاب نہ ہو سکی تھیں۔ چناں چہ یہ طے ہوا کہ اگلی صبح گرجا میں ان کی آخری رسومات انجام دے دی جائیں۔ ان باتوں نے ٹام کو بری طرح سے لرزا دیا۔ پھر رات کو ٹام دوبارہ خاموشی سے نکلا۔ اب اس کا رخ دریا کی طرف تھا۔

دریا کے کنارے پہنچ کر اس نے چھوٹے جہاز سے بندھی ہوئی چھوٹی سی کشتی کو کھولا اور اس میں سوار ہو کر اسے دھکیلتا ہوا دریا کے مخالف ساحل کی سمت ہو لیا۔ وہاں پہنچ کر اس نے کشتی کو وہاں چھوڑا اور چلتے چلتے جنگل میں داخل ہو گیا۔ وہاں وہ ایک درخت کے نیچے اس وقت تک بیٹھا رہا جب تک صبح نہ ہو گئی۔ پھر جب سورج کافی بلندی پر پہنچ گیا تو وہ جزیرے پر جانے کے لیے دریا میں اتر گیا۔

جب وہ جزیرے پر پہنچ کر کیمپ کے قریب پہنچا تو اس نے خیمے کے اندر جو کو کہتے سنا۔ "نہیں ٹام ضرور واپس آجائے گا ہک۔ تم دیکھ لینا۔ وہ ہمیں چھوڑ کر کہیں نہیں جا سکتا۔ اس کے نزدیک ایسا کرنا ایک قزاق کی شان کے خلاف ہے لیکن میں

حیران ہوں کہ وہ آخر کہاں چلا گیا ہے۔" دوسرے ہی لمحے ٹام نے خیمے کے اندر قدم رکھ دیا۔

جو ہار پر کو بری طرح سے اپنا گھر یاد آرہا تھا۔ وہ بار بار اس کا ذکر کر رہا تھا اور رو رہا تھا۔ ہک بھی بے حد اداس دکھائی دے رہا تھا۔ ٹام کی دلی کیفیت بھی اپنے دوستوں سے مختلف نہ تھی مگر اس نے اسے ان پر ظاہر نہ ہونے دیا۔ اس کے پاس ایک راز تھا جو اس نے ابھی تک اپنے ساتھیوں کو نہ بتایا تھا۔ اس نے کہا:

"اس جزیرے پر قدیم زمانے میں بحری قزاق آیا کرتے تھے۔ ہمیں اس جزیرے کو اچھی طرح گھوم پھر کر دیکھنا چاہیے۔ انہوں نے اس جزیرے پر کسی نامعلوم مقام پر اپنا خزانہ چھپا رکھا ہو گا۔ ہو سکتا ہے سونے چاندی کا یہ ذخیرہ ہمیں مل جائے۔"

لیکن اس کے دوستوں نے اس کی اس بات پر کسی دل چسپی کا اظہار نہ کیا۔ جو ہار پر ایک شاخ پر ریت کرید تا رہا اور منہ ہی منہ میں کچھ بڑبڑاتا رہا۔ پھر وہ بولا۔ "یہ سب کچھ چھوڑو میں گھر جانا چاہتا ہوں۔ یہاں میں اپنے آپ کو بہت تنہا اور اکیلا محسوس کر رہا ہوں۔"

"نہیں جو تمہیں جلد ہی اس نئی زندگی کا لطف آنے لگے گا۔" ٹام بولا۔ "ذرا دیکھو تم ہم یہاں کتنی آزادی سے ہر کام کر رہے ہیں۔ پیراکی، مچھلیاں، کھیل کود۔"

"مجھے ان باتوں سے کوئی دلچسپی نہیں۔ میں گھر جانا چاہتا ہوں۔"

"یعنی تمہیں اپنی ماں یاد آرہی ہے؟" ہکل بیری بولا۔

"ہاں اور یہ قدرتی بات ہے۔ اگر تمہاری بھی ماں ہوتی تو اس وقت تمہارے

احساسات بھی مجھ جیسے ہوتے۔"

"تو جاؤ پھر تم اپنی ماں کے پاس۔ کیوں ہک تم کیا کہتے ہو؟ تم کیا یہیں ٹھہرو گے یا تم بھی واپس جانا چاہتے ہو؟"

"نہیں میں یہیں رہوں گا۔" ہک نے کہا۔ مگر اس کے لہجے میں ہچکچاہٹ کی جھلک تھی۔

"ٹھیک ہے پھر تم یہاں رہو۔ میں جب تک زندہ رہا تم سے کوئی بات نہیں کروں گا۔" جو بولا اور وہاں سے جانے کے لیے اپنی چیزیں سمیٹنے لگا۔

"ہمیں اس کی کوئی پروا نہیں۔" ٹام بولا۔ "بے شک تم اپنے گھر واپس چلے جاؤ۔ وہاں سب لوگ تمہارا مذاق اڑائیں گے۔ اچھے قزاق ثابت ہوئے۔ تم کو تو یہاں ایک رات گزرتے ہی گھر یاد آنے لگا۔ میں اور ہک یہیں ٹھہریں گے۔ کیوں ہک؟ ہم جو کے بغیر بھی یہاں رہ سکتے ہیں کہ نہیں؟" اس نے ہک کی طرف دیکھا لیکن ہک نے نظریں چرا لیں۔

"میں بھی یہاں سے جانا چاہتا ہوں ٹام۔ یہ جگہ ہمارے لیے اچھی نہیں۔ یہاں بہت تنہائی محسوس ہوتی ہے۔ تم بھی ہمارے ساتھ واپس چلو ٹام۔"

"تم اچھی طرح سے سوچ لو ٹام۔ ہم ساحل پر رک کر تمہارا انتظار کریں گے۔"

"تمہیں طویل عرصے تک انتظار کرنا پڑے گا۔"

ہک نے افسردہ سی نظر اس پر ڈالی اور وہاں سے روانہ ہو گیا۔ جو ہارپر بھی اس کے ساتھ ساتھ چل دیا۔ انہوں نے ایک بار بھی مڑ کر ٹام کی طرف نہ دیکھا۔ ٹام کو ایک دم ہی شدید قسم کی تنہائی اور اکیلے پن کا احساس ہوا۔ اپنے دوستوں کے بغیر تن

تنہا اس ویران سی جگہ پر رہنا اسے عجیب سا محسوس ہوا تھا۔ وہ اپنے دوستوں کے پیچھے دوڑ پڑا۔

"رُک جاؤ۔ رُک جاؤ۔ میں تمہیں کچھ بتانا چاہتا ہوں۔"

جو اور ہک چلتے چلتے رک گئے اور مڑ کر اس کی طرف دیکھنے لگے۔ ٹام دوڑتا ہوا ان کے قریب آگیا اور انہیں اپنا راز بتایا۔ جب وہ انہیں سب کچھ بتا چکا تو وہ مسرت سے چلا اٹھے اور اس سے کہا کہ آخر اس نے انہیں یہ سب کچھ پہلے ہی کیوں نہ بتا دیا تھا۔ اگر وہ انہیں اپنے خفیہ منصوبوں کے بارے میں پہلے سے ہی آگاہ کر دیتا تو وہ یوں گھر واپس نہ جانے لگتے۔ وہ خوشی خوشی پڑاؤ کی طرف واپس لوٹ آئے اور مچھلیوں کا سالن کھانے کے بعد کچھ دیر تک کھیلتے رہے پھر ریت پر پڑ کر سو گئے۔

رات کو شدید بارش کے ساتھ ایک خوفناک قسم کا طوفان بھی آیا۔ بادل کچھ اس طرف کھل کر برسے اور بجلی یوں کڑکتی کوندتی رہی کہ وہ اپنے خیمے میں جا گھسے اور باقی رات اسی میں گزاری۔ پڑاؤ کی ہر چیز بھیگ گئی تھی۔ مگر خوش قسمتی سے آگ محفوظ رہ گئی تھی۔ انہوں نے صبح اس آگ میں چند لکڑیاں جھونکیں اور اس پر اپنے کھانے کے لیے مچھلیاں اور گوشت بھونا۔ پھر جب سورج نکلا تو وہ ریت پر جا کر لیٹ گئے۔ انہیں ایک بار پھر گاؤں کی یاد ستانے لگی۔ اور اپنے گھر والے یاد آنے لگے تھے۔ لیکن ٹام اپنی باتوں سے انہیں بہلاتا رہا اور ان کی طبیعتوں کو بشاش رکھنے کی کوششیں کرتا رہا۔ اس نے انہیں اپنے جس راز سے آگاہ کیا تھا۔ اس میں انہیں دلچسپی محسوس ہونے لگی تھی۔ اس کا منصوبہ تھا کہ انہیں اب قزاقوں کے بجائے ریڈ انڈین بن جانا چاہیے۔ اس منصوبے نے انہیں تمام دن مصروف رکھا۔ اب شاید ان

تینوں نے ریڈ انڈین بن کر جزیرے پر رہنے کا فیصلہ کیا تھا۔

اس ہفتے کی سہ پہر کو گاؤں کا ہر فرد بے حد غم زدہ اور اداس دکھائی دے رہا تھا۔ ہارپر اور خالہ پولی کے خاندانوں کے دکھ اور رنج کا کوئی ٹھکانہ نہ تھا۔ سب گاؤں والے اُن سے ہمدردی کر رہے تھے۔ گاؤں کے بچے بھی اپنا کھیل کود بھولے ہوئے تھے اور بالکل خاموش تھے۔

پھر اتوار کے دن جب اسکول کا وقت ختم ہوا تو گرجے کی گھنٹیاں بجنے لگیں۔ وہ اس وقت بجائی جاتی تھیں جب کسی کی آخری رسومات ادا کی جانی ہوتی تھیں۔ لوگ گرجا میں جمع ہونے لگے وہ ان تینوں لڑکوں کو پراسرار موت کے بارے میں چپکے چپکے باتیں کر رہے تھے۔

پھر اچانک گرجا کے دروازے پر کچھ شور ہوا۔ پادری صاحب جو آخری دعائیہ کلمات ادا کر رہے تھے، نے اپنی آنسو بھری آنکھوں پر سے رومال ہٹایا اور سامنے دروازے کی طرف دیکھا۔ دوسرے ہی لمحے ان کی آنکھیں حیرت سے کھلی کی کھلی رہ گئیں۔ ان کو اس طرح دیکھتے ہوئے جب لوگوں نے گردنیں موڑ کر دروازے کی طرف دیکھا تو ان کی حالت بھی پادری صاحب سے مختلف نہ ہوئی۔ وہ تینوں لڑکے جن کی آخری رسومات ادا کرنے کے لیے وہ گرجا میں جمع ہوئے تھے، دروازے سے اندر داخل ہو رہے تھے۔ ٹام سب سے آگے تھا۔ اس کے پیچھے ہارپر اور ہکل بیری تھے۔ وہ گرجا کے پچھلے حصے میں چھپے ہوئے تھے۔

خالہ پولی، میری اور مسز ہارپر نے ٹام اور جو کو اپنی طرف کھینچتے ہوئے انہیں لپٹا لیا اور انہیں بے تحاشا پیار کرنے لگیں۔ بے چارا ہک تنہا کھڑا رہ گیا۔ اس کی سمجھ

میں نہ آرہا تھا وہ کہاں جائے، کہاں جا چھپے۔ اسی وقت ٹام نے اس کا بازو پکڑ لیا اور خالہ پولی سے بولا: "خالہ پولی۔ یہ اچھی بات نہیں۔ کسی کو ہک کو دیکھ کر بھی اظہار مسرت ضرور کرنا چاہیے۔"

"ہاں مجھے خوشی ہے کہ یہ بے چارا بے ماں کا بچہ بھی بخیر و عافیت واپس آگیا ہے۔"

پھر جب ٹام اسکول پہنچا تو اس نے وہاں سب بچوں کو اپنے کارناموں کے بارے میں باتیں کرتے ہوئے پایا۔ وہ سب اس پر رشک کر رہے تھے اور خواہش کر رہے تھے کہ کاش انہیں بھی اس کی طرح کوئی مہم انجام دینے کا موقع مل جائے۔

***

۳

کانگو کے گوریلے

تحریر: ڈینس فورمین

تلخیص و ترجمہ: عمیر صفدر

۱۹۴۱ء کے موسم خزاں کا ذکر ہے کہ مجھے نیویارک کا سفر اختیار کرنا پڑا۔ ایک ہفتہ پہلے میں مغربی افریقہ کے جنگلوں میں دو سال کاٹ کر آیا تھا۔ میری بد قسمتی کہ ان دنوں میں نے جتنے جانور پکڑے، ان میں آٹھ چمپنزی بندر بھی شامل تھے جن کے بارے میں نیویارک کے چڑیا گھر والوں کو نہ جانے کس طرح پتہ لگ گیا اور انہوں نے مجھ سے تار کے ذریعے درخواست کی کہ یہ سب کے سب بندر منہ مانگے داموں پر چڑیا گھر کے لیے فروخت کر دیئے جائیں۔ ان میں سے پانچ نر تھے اور تین مادہ چمپنزی۔۔۔۔۔۔ میں نے ان بندروں کو ہوائی جہاز کے ذریعے نیویارک بھیج دیا اور خود فلوریڈا چلا گیا جہاں میری بیوی کے رشتہ دار رہتے تھے۔ فلوریڈا میں قیام کیے ابھی چند ہی روز ہوئے تھے کہ میرے ایک ہم پیشہ دوست نے مجھے نیویارک آنے کی دعوت دی اور لکھا کہ "اگر تم میرا خط ملنے کے تیسرے دن نیویارک نہ پہنچے

تو میں فلوریڈا آجاؤں گا۔ پس میں نے سسرال والوں سے اجازت لیے بغیر چپکے سے جہاز کا ٹکٹ خریدا اور نیویارک کے لیے روانہ ہو گیا۔ نیویارک پہنچنے پر مجھے شرارت سوجھی اور اپنے دوست سے ملنے کے بجائے میں سنٹرل پارک کے ایک ہوٹل میں ٹھہر گیا۔

آدھی رات کے وقت میں اس کمرے سے بیزار چہل قدمی کے ارادے سے باہر نکلا اور چھٹے ایونیو کی جانب چل پڑا۔ گھومتے گھومتے ۴۲ اسٹریٹ کے سرے پر آیا تو ایک چھوٹا سا ریسٹورنٹ دیکھ کر طبیعت مچل گئی۔ پیاس لگ رہی تھی کچھ پینے کے ارادے سے بے دھڑک اندر داخل ہو گیا۔ لیکن اندر جاتے ہی جس شخص سے سب سے پہلے نظریں چار ہوئیں وہ میرے پرانے دوست رنیز کے سوا اور کوئی نہ تھا۔۔۔۔۔۔ وہی رنیز۔۔۔۔۔۔ جس کا دھمکی آمیز خط مجھے فلوریڈا میں مل چکا تھا۔ میں نے اسے ٹھیک چھ سال بعد دیکھا تھا اور پہچاننے میں شبہ یوں نہ تھا کہ اس کے دائیں رخسار پر گہرے زخم کا لمبا نشان صاف دکھائی دے رہا تھا۔ زخم کا یہ نشان ایک افریقی چیتے کے پنجے کا تھا۔ جس کا تعاقب رنیز کر رہا تھا اور میری اس کی پہلی ملاقات بھی اسی مہم کے سلسلے میں ہوئی تھی۔ رنیز ارجنٹائن کا باشندہ تھا اور سونے کی تلاش میں افریقہ آیا تھا۔ لیکن جب سونا نہ ملا تو وہ چڑیا گھر کے لیے جانور پکڑ پکڑ کر فروخت کرنے لگا۔

"تو یہاں نیویارک میں کیا کر رہا ہے؟ کیا یہاں بھی کوئی سونے کی کان ڈھونڈنے کا ارادہ ہے۔"

وہ زور سے ہنسا اور میرے ہاتھ پر ہاتھ مار کر کہنے لگا۔

"اجی میں نے سونے کی ایسی کان ڈھونڈلی ہے جس کا علم تمہارے فرشتوں کو بھی نہ ہو گا۔"

"اچھا؟ ہم بھی تو سنیں کہ یہ کان کہاں واقع ہے؟"

"یہ فرانسیسی کانگو میں ہے۔" رنیز نے فخر سے سینہ پھلاتے ہوئے جواب دیا۔ "اس کاروبار میں میرے ساتھ ایک اور آدمی بھی ہے۔ ابھی ابھی ہم نے تین گوریلے گرفتار کیے ہیں اور چند ہفتوں کے اندر اندر ان گوریلوں کو امریکہ کے مختلف چڑیا گھروں میں فروخت کر دیا جائے گا۔ میں تمہاری خاطر اتنا کر سکتا ہوں کہ ایک گوریلا تمہارے ہاتھ سستی قیمت پر صرف پانچ ہزار ڈالر میں فروخت کر دوں ------مجھے یقین ہے کہ تم جب اسے بیچو گے تو زیادہ دام وصول کر سکو گے۔"

"سب بکواس ہے، میں اسمگل کیے ہوئے جانور نہیں خرید سکتا اور خریدوں بھی تو میرے پاس فی الحال پانچ ہزار ڈالر نہیں۔" میں نے جواب دیا۔

"تمہاری قسمت-----۔" رنیز نے ہنس کر کہا۔ "بہر حال میں ان تینوں گوریلوں کو بیس ہزار ڈالر سے کم قیمت میں ہرگز نہ بیچوں گا۔ اگر ان کے خریدار یہاں نہ ملیں گے، تو انہیں جنوبی امریکہ لے جاؤں گا۔"

میں نے اس شخص کی باتوں پر ذرا بھی دھیان نہ دیا کیونکہ وہ بلا کا دروغ گو تھا۔ جہاں تک گوریلے پکڑنے کا تعلق ہے، وہ قطعی جھوٹ تھا۔ کیونکہ گوریلے صرف بلجین کانگو میں پائے جاتے ہیں اور وہاں بھی ان کی نسل ختم ہوتی جارہی ہے۔ اس کے بعد وہاں کی حکومت نے ان گوریلوں کی حفاظت کے انتظامات بڑے سخت کر دیئے تھے اور کسی ایرے غیرے کو جنگل کے اس حصے میں قدم رکھنے کی اجازت نہ

تھی جہاں گوریلے رہتے تھے۔ تھوڑی دیر بعد جب اس نے پھر اپنے تین گوریلوں کا ذکر کیا، تو میں نے قدرے غصے سے کہا۔

"رنیز! خدا کے لیے تم مجھے اتنا بے وقوف نہ بناؤ۔ گوریلے صرف بلجیئن کانگو میں پائے جاتے ہیں اور وہاں تم قدم نہیں رکھ سکتے، اس لئے یہ افسانے مجھے نہ سناؤ۔"

"تم خود بے وقوف ہو اور مجھے بے وقوف کہتے ہو۔ کیا تم سمجھتے ہو کہ گوریلے بلجیئن کانگو کے علاوہ دنیا بھر میں اور کہیں نہیں؟ ارے نادان، ابھی میں نے تمہارے سامنے افریقہ کے فرانسیسی استوائی خطے کا ذکر کیا ہے۔ بلجیئن کانگو کی تو میں نے بات ہی نہیں کی۔ اس خطے میں اتنے گوریلے ہیں کہ جب سے کرۂ ارض وجود میں آیا ہے بلجیئن کانگو کی سرزمین نے اتنے گوریلے خواب میں بھی نہ دیکھے ہوں گے اور میں نے جہاں سے گوریلے پکڑے ہیں، وہاں کے قبائلی باشندے انہیں شکار کر کے ان کے گوشت سے اپنا پیٹ بھرتے ہیں۔"

اب میں نے اس سے تفصیلات پوچھنے کا ارادہ کیا لیکن وہ ایک منٹ بھی بیٹھنے پر تیار نہ تھا۔ وہ ناراض ہو کر چلا گیا۔

کانگو کے گھنے اور تاریک جنگلوں میں ہزار ہا قسم کے کیڑے مکوڑوں، حشرات الارض، پرندوں اور چرندوں سے لے کر ہاتھی جیسے جانور بھی پائے جاتے ہیں۔ البتہ شیر اور چیتے کمیاب ہیں۔ دریاؤں میں دریائی گھوڑے عام ہیں۔ اس علاقے کا کوبرا سانپ بڑا مشہور ہے۔ جس کا کاٹا پانی بھی نہیں مانگتا۔ چمپنزی بندروں کی کئی نسلیں یہاں آباد ہیں۔ لیکن میری معلومات کے مطابق گوریلے ان جنگلوں میں نہیں

تھے۔ تاہم میں نے تحقیق کا فیصلہ کرلیا اور ایک لائبریری میں جاکر اس خطے کا مطالعہ کیا تو پتہ چلا کہ واقعی یہاں گوریلوں کا کبھی وجود تھا۔

رنیز نے مجھے جو خط لکھا تھا، اس میں اس کا پتہ بھی درج تھا۔ بعد میں جب میں نے خط تلاش کیا تو مجھے نہیں ملا۔ اب میں رنیز سے ملنے کے لیے بے چین تھا۔ اس سے پیشتر میں نے فلوریڈا میں چمپینزی بندروں کی ایک "پرورش گاہ" قائم کی تھی۔ چمپینزی بندروں کی کئی نسلیں میں مشرقی اور مغربی افریقہ کے جنگلوں سے لایا تھا اور انہوں نے حیرت انگیز طور پر مجھے مالی فائدہ پہنچایا۔ اب میں سوچنے لگا کہ کیوں نہ گوریلوں کی بھی ایک پرورش گاہ بنائی جائے۔ بلجیئن کانگو کی حکومت نے اپنے علاقے میں سے گوریلے مارنے اور لے جانے والے کے لیے دس سال قید بامشقت کی سزا مقرر کر رکھی تھی اس لئے وہاں سے تو گوریلے لانے کا سوال ہی پیدا نہیں ہوتا تھا، البتہ فرنچ کانگو کے اس گمنام اور پراسرار خطے سے اگر رنیز جیسا شخص گوریلے پکڑ کر لا سکتا ہے اور بقول اس کے وہاں کے باشندے انہیں شکار کرکے گوشت پر گزارہ کرسکتے ہیں۔ تو پھر میرے لیے یہ کام کرنا کچھ زیادہ مشکل نہیں تھا چنانچہ اسی دن سے میرے سر پر اس پراسرار معمے کو حل کرنے کی دھن سوار ہوگئی اور میں برازیل جانے کی تدبیریں سوچنے لگا۔ مجھے یقین تھا کہ اگر وہاں سے میں چند نر اور مادہ گوریلے فلوریڈا لانے میں کامیاب ہوگیا، تو پھر وارے نیارے ہو جائیں گے۔

فروری ۴۴ء میں جب میں بحر اوقیانوس کو عبور کرنے کی غرض سے ناروے کے ایک جہاز پر سوار ہو رہا تھا تو امریکہ کے صدر روزویلٹ کا ایک سفارشی خط بھی

فرنچ کانگو کی گورنمنٹ کے نام میری جیب میں موجود تھا۔

ہمارے پاس سامان کی مقدار بہت کم تھی۔ دو ہلکے پھلکے بستر، کپڑے اور پڑھنے کے لیے کچھ کتابیں، کیمرہ اور اسی طرح کا دوسرا سامان ان کے علاوہ تھا۔

فروری کے آخری ہفتے میں میں برازیل پہنچ گیا۔چند روز بعد مجھے شمال کی جانب سفر کرنے کا پاسپورٹ دے دیا گیا اور میں نے گیبن کے جنگلوں کو جانے کی تیاریاں شروع کر دیں۔

میں نے خشک گوشت، مکھن اور خشک دودھ کے بہت سے ڈبے خریدے، دو خیمے، کھانا پکانے کے برتن، شیشے اور چینی کی پلیٹیں، چار پانچ کرسیاں اور ایک میز بھی خریدی گئی۔ اب یہ تمام سامان لادنے کے لئے ایک گاڑی کی ضرورت پیش آئی۔ایک پرانا ڈاج ٹرک جس کی باڈی اور انجن اچھی حالت میں تھا، مجھے سستا ہی مل گیا۔ گویا سفر کا ایک بڑا مرحلہ طے ہوگیا۔ اب ضرورت تھی چند ملازموں کی جن کا دستیاب ہونا مشکل تھا لیکن غیب سے یہ انتظام بھی بروقت ہوگیا۔ جوزف نامی ایک افریقی باورچی مل گیا۔ جو ایک مقامی پولیس افسر کے پاس برسوں کام کر چکا تھا اور اب محض مہم میں حصہ لینے کے لیے میرے ساتھ جانے پر تیار تھا۔ برازیل کے چڑیا گھر میں کام کرنے والا ایک اور لڑکا جس کا نام زنگا تھا، وہ بھی کچھ رقم پیشگی وصول کرنے کے بعد ہمارا ساتھ دینے پر رضامند ہوگیا۔

چوتھے روز ہم اوکیو پہنچ گئے۔ اس علاقے میں قدیم باشندوں کی یہ پہلی بستی تھی جہاں ہم نے قیام کیا۔ جب ان سے گوریلوں کے بارے میں دریافت کیا گیا، تو وہ حیرت سے ہمیں دیکھنے لگے۔ ان کے چہروں پر جو تاثرات نمودار ہوئے ان سے

ظاہر ہوتا تھا کہ گوریلے اس علاقے میں نہیں پائے جاتے۔ یہ دیکھ کر مجھے صدمہ ہوا اور ساری محنت پر پانی پھرتا ہوا معلوم ہونے لگا۔ ہمیں بتایا گیا کہ یہاں ایک فرانسیسی شخص بھی رہتا ہے جس کا نام شیلر ہے۔ جلد ہی شیلر سے ہماری ملاقات ہوئی جو تیس سال کا ایک ہٹا کٹا آدمی تھا۔

شیلر نے بتایا کہ اس گاؤں کا نام اوکا ہے اور یہاں چالیس پچاس جھونپڑیاں ہیں اور اس آبادی تک سارا انتظام ہمارے ہی ہاتھوں میں ہے۔

جب ہم بستی کے قریب پہنچے، تو ہم نے چند عمر رسیدہ آدمیوں کو ایک جگہ کھڑے پایا جن کے جسموں پر سوائے چند چیتھڑوں کے اور کچھ نہ تھا۔ شیلر کو دیکھ کر ان کی آنکھوں میں چمک نمودار ہوئی۔ شیلر نے اشارے سے ان میں سے ایک آدمی کو بلایا جس کی سوکھی ٹانگیں مڑی ہوئی تھیں اور دائیں ہاتھ کی تین انگلیاں بھی غائب تھیں۔ اس کا چہرہ بے شمار جھریوں کے باعث از حد بھیانک ہو گیا تھا۔

شیلر نے مجھ سے کہا۔ "اس کا نام بمبو ہے اور یہ اس قبیلے کا سردار ہے۔ میں نے سنا ہے کہ نوجوانی کے عالم میں یہ گوریلوں کا مانا ہوا شکاری تھا۔ اگر آپ اسے اپنی مدد پر راضی کرلیں، تو آپ کا کام بن جائے گا۔ لیکن میں یہاں سے جانے کے بعد آپ کی جان و مال کی حفاظت کا کوئی ذمہ لینے کو تیار نہیں۔ آپ اگر قیام کرنا چاہیں، تو ڈسپنسری کے اندر رہ سکتے ہیں۔ اس کی دیواریں پختہ اور چھت مضبوط ہے۔ اب مجھے اجازت دیجئے اور ہاں آخری بات غور سے سن لیجئے، وہ یہ کہ ان لوگوں سے ہر وقت ہوشیار رہیے۔ ان پر اعتماد کرنا حماقت ہے۔ یہ دیکھنے میں انسان ہیں، لیکن حقیقت میں وحشی درندوں سے بڑھ کر سفاک اور ظالم ہیں۔ یہ شیطان ہیں۔ بس میں اس

سے زیادہ کچھ نہیں کہنا چاہتا۔"

شیلر کی تقریر سن کر میں تو کانپ ہی گیا۔ زنگا اور جوزف اگرچہ افریقہ ہی کے باشندے تھے، لیکن بڈھے بمبو کو دیکھ کر ان کی حالت بھی غیر تھی۔

مجھے دیکھ کر وہ ہنسا اور شکستہ فرانسیسی میں کہا۔ "مجھے پندرہ سینٹ دو۔۔۔۔۔۔ تب میں تمہیں ایک بات بتاؤں گا۔"

میں نے جوزف کو اشارہ کیا، اس نے بمبو کو یہ رقم دے دی' تو وہ خوشی سے بولا۔

"مجھے ابھی ابھی پتہ چلا ہے کہ ہمارے پڑوسی گاؤں میں رہنے والے شکاریوں نے ایک گوریلا پکڑا ہے۔ کیا آپ اسے دیکھنے چلیں گے؟"

کہہ نہیں سکتا کہ یہ خبر سن کر مجھے کتنی مسرت حاصل ہوئی۔ میں نے جوزف سے کہا کہ میری رائفل لے آئے۔ چند منٹ کے اندر اندر میں نے بمبو کو ٹرک میں بٹھایا اور جوزف کو بھی ساتھ چلنے کا حکم دے کر ٹرک اسٹارٹ کر دیا۔ راستے میں مجھے خیال آیا کہ بمبو کہیں دھوکا نہ دے رہا ہو۔ یہ سوچ کر میرے پسینے چھوٹنے لگے۔ لیکن رائفل میرے پاس تھی اور اس کی موجودگی میں کسی کو مجھ پر حملہ کرنے کی جرات نہ ہو سکتی تھی۔

صبح کے اس دھندلکے میں جھونپڑی کے اندر جو کچھ میں نے دیکھا، وہ ساری عمر یاد رہے گا۔ موٹے بانسوں اور درختوں کی شاخوں سے بنے ہوئے بڑے پنجرے کے اندر ایک قوی ہیکل اور سیاہ بن مانس اپنا چہرہ دونوں ہاتھوں سے چھپائے بیٹھا تھا۔ اتنے عظیم تن و توش کا گوریلا میں نے اس سے پیشتر کبھی نہیں دیکھا تھا۔ ہمارے

قدموں کی آہٹ پا کر اس نے چہرے سے ہاتھ ہٹائے اور ہماری جانب دیکھا۔ خدا کی پناہ!۔۔۔۔۔ دہشت سے میرا بدن لرز گیا۔ ایک ہولناک چیخ کے ساتھ بن مانس اپنی جگہ سے اچھلا اور پنجرے کے اندر اچھلنے کودنے لگا۔ طیش میں آکر وہ اچھلتا اور پھر ڈھول کی مانند اپنے سات فٹ لمبے بازوؤں سے سینہ پیٹنے لگتا۔ یکایک اس نے پوری قوت سے اچھل کر پنجرے کو دھکا دیا اور ایک ثانیے کے اندر، مجھے اچھی طرح یاد ہے۔ یہ مہیب درندہ پنجرے کی موٹی لکڑیاں توڑ کر آزاد ہو چکا تھا۔ جھونپڑی کے اندر جتنے آدمی جمع تھے، دہشت سے چیخیں مارتے ہوئے ایک دوسرے پر گرتے پڑتے باہر کی طرف دوڑے۔ ایک قیامت خیز ہنگامہ سارے گاؤں میں برپا ہو گیا۔ بن مانس کی دل دوز چیخیں ان سب آوازوں پر حاوی تھیں۔

پتھر کے مجسمے کی مانند میں اپنی جگہ پر بے حس و حرکت کھڑا تھا۔ جس وقت گوریلا پنجرے سے آزاد ہوا۔ اس وقت میں اس سے دس فٹ کے فاصلے پر تھا۔ اگرچہ وہ آزاد ہو چکا تھا۔ لیکن وحشیوں کے شور و غل سے وہ اتنا بدحواس ہوا کہ پنجرے کے پیچھے جا کر کھڑا ہو گیا اور وہیں بھیانک آوازیں نکال نکال کر چیخنے لگا جن سے خون سرد ہوتا جاتا تھا۔

چشم زدن میں جھونپڑی آدمیوں سے خالی ہو گئی۔ گوریلا اب بھی غرا رہا تھا۔ میرے ہاتھ میں اگرچہ رائفل تھی، لیکن مجھے یوں محسوس ہوا جیسے میں اسے چلا نہیں سکتا۔ یہ پہلا موقع تھا کہ میرے اعصاب نے اس گوریلے کا اثر قبول کیا۔ اس کی وجہ جو مجھے بعد میں معلوم ہوئی، یہ تھی کہ اس سے پہلے میرا سابقہ جن گوریلوں سے پڑ چکا تھا، یہ ان سب سے جسامت میں بڑا اور شکل و صورت کے اعتبار سے بے حد

ڈراؤنا اور کریہہ تھا۔ اس کے دونوں ہونٹ کسی بیماری کے باعث جھڑ گئے تھے اور صرف دانت ہی دانت نظر آتے تھے۔ فراخ سینے پر مسلسل ہاتھ مارنے کے باعث بال جھڑ چکے تھے اور ایک فٹ لمبا سر جو اوپر سے گول ہو گیا تھا، بالکل گنجا تھا۔ جب وہ بل کھا کر پلٹا، تو میری اور اس کی نظریں دوبارہ چار ہوئیں اور مجھے پھر وہی احساس ہوا کہ میرے سوچنے سمجھنے کی ساری قوت سلب ہو چکی ہے۔ وہ اچھل کر میری جانب بڑھا۔ عین اس وقت کسی نے ہاتھ پکڑ کر مجھے پیچھے گھسیٹ لیا، ورنہ گوریلے کا ہاتھ پورے زور سے میرے سر پر پڑتا۔ میں نے گھوم کر دیکھا۔ وہ جوزف تھا جو حلق پھاڑ پھاڑ کر کہہ رہا تھا۔ "ماسٹر فائر کیجئے۔"

غیر ارادی طور پر میں نے رائفل سیدھی کی اور اندھا دھند گوریلے پر گولیوں کی بارش کر دی۔ چند ثانیوں کے اندر اندر اس کا سینہ چھلنی ہو چکا تھا اور خون کی دھاریں ابل رہی تھیں۔ وہ دھڑام سے زمین پر گرا اور تڑپنے لگا۔ اس وقت اس کے چیخنے کی آوازوں سے کان کے پردے پھٹے جاتے تھے۔ اتنے میں گاؤں کے شکاری ہاتھوں میں لمبے لمبے نیزے لئے آ گئے اور انہوں نے گوریلے کو نیزے مار مار کر ختم کر دیا۔ جوزف مجھے سہارا دے کر کھلی ہوا میں لے گیا۔ اس حادثے کو مکمل ہونے میں بمشکل پانچ منٹ لگے ہوں گے لیکن میرے لیے یہ اذیت ناک لمحات صدیوں سے کم نہ تھے۔ گوریلا میرے سامنے مردہ پڑا تھا اور میں سوچ رہا تھا کہ اگر ان جنگلوں میں ایسے ہی گوریلے آباد ہیں، تو انہیں زندہ پکڑ کر امریکہ لے جانا پاگل پن کے سوا اور کچھ نہیں۔

یہی سوچ سوچ کر میرا پتا پانی ہوا جاتا تھا۔ جب میں، بمبو اور جوزف کی معیت

میں اس گاؤں سے چلا تو یہ فیصلہ کر چکا تھا کہ یہ کام میرے بس کا نہیں، اس لئے مجھے واپس امریکہ چلے جانا چاہئے، لیکن او کیو پہنچا تو کیا دیکھتا ہوں کہ میرا روٹھا ہوا دوست رنیز امیلیا سے ہنس ہنس کر باتیں کر رہا ہے۔

"بھائی جان! گوریلے پکڑنا تمہارے بس کی بات نہیں، یہ کام تو ہم ہی سر انجام دے سکتے ہیں۔ اب ذرا میرے ہاتھ دیکھو کہ دو ہفتوں کے اندر اندر کتنے ہی گوریلے پکڑتا ہوں۔ سب سے پہلے تو پنجرے تیار کرنے کا مرحلہ طے ہونا چاہئے جس پر تم نے اب تک توجہ ہی نہیں دی۔ پنجرے تیار کرنا نہایت اہم اور ضروری مسئلہ ہے تاکہ ہم گوریلوں کو ان میں بند کر کے امریکہ لے جاسکیں اور یاد رکھو کہ پنجرے اگر ذرا بھی کمزور ہوئے تو ہم میں سے کسی کی خیر نہیں۔"

"کتنے پنجرے تیار کیے جائیں؟" میں نے پوچھا۔

"کم از کم دس۔۔۔۔۔" رنیز نے کہا "اور انہیں تیار کرنے کے لیے ہمیں دو ماہ درکار ہوں گے۔"

بمبو اپنے نئے "ماسٹر" کی ان حرکتوں میں بے حد دلچسپی لے رہا تھا اور اسے احساس ہو گیا تھا کہ یہ شخص بھی مقامی شکاریوں کی طرح گوریلے کے قدموں کے ذریعے جنگل میں اسے تلاش کر سکتا ہے۔ جلد ہی رنیز نے اس مخصوص راستے کا پتہ لگایا جدھر سے گوریلوں کا جوڑا جنگل میں گزرا تھا۔ پانچ میل کے پر مشقت اور تھکا دینے والے سفر کے بعد ہم جنگل کے اس حصے میں پہنچ گئے جہاں گھنے اور اونچے درختوں کی چوٹیاں ایک دوسرے سے گتھی ہوئی تھیں اور سورج کی روشنی بمشکل ان میں سے راستہ بنا سکتی تھی۔ ہمارے پاس اتفاق سے ٹارچیں موجود تھیں۔ جو اس

وقت کام آئیں۔

یہاں ایسا گھپ اندھیرا تھا کہ ہاتھ کو ہاتھ سجھائی نہ دیتا تھا اور اس پر حد سے زیادہ خنکی۔۔۔۔۔۔ گرم کپڑوں کے باوجود میرا جسم سرد ہونے لگا اور دانت بج اٹھے۔ رنیز تازی کتے کی مانند جھاڑیوں میں سونگھتا اور جھانکتا پھر رہا تھا۔ دوسرے ننگ دھڑنگ شکاری جن کے ہاتھوں میں لمبے لمبے نیزے اور گلے میں تیر کمان پڑے ہوئے تھے، اس بے پروائی اور اطمینان سے گوریلوں کو ڈھونڈ رہے تھے جیسے وہ معمولی خرگوش یا بھیڑوں کو ڈھونڈ رہے ہوں۔ جنگل کا جنوبی حصہ بہت ہی گنجان اور دشوار گزار تھا اور رنیز کا اصرار تھا کہ گوریلے اس طرف چھپے ہوئے ہیں اور اس سے پیشتر کہ میں اسے روکتا وہ جھاڑیوں میں گھستا اور پھلانگتا ہوا نظروں سے غائب ہو چکا تھا۔ چند سیکنڈ تک اس کے جوتوں کی آواز سنائی دی پھر یک لخت سناٹا چھا گیا۔ بمبو اور اس کے ساتھی بھی رنیز کے پیچھے پیچھے چلے گئے اور میں تنہا رہ گیا۔ میں دل ہی دل میں انہیں کوس رہا تھا۔ یکا یک ایک جھاڑی کے پاس سے گزرتے ہوئے مجھے کچھ آہٹ سی سنائی دی اور اس سے پہلے کہ میں اس معاملے پر غور کر سکوں، ایک مہیب شکل و صورت کا گوریلا جھاڑیوں میں سے نکلا۔ اسے دیکھتے ہی میرا جسم سن ہو گیا اور دل کی دھڑکن جیسے رک گئی۔ میرا اس کا فاصلہ دس فٹ سے زیادہ نہ تھا۔ جنگل کی تاریکی میں اس کا سیاہ جسم ایک طویل القامت دیو کی مانند دکھائی دے رہا تھا۔ لمبے لمبے بازو زمین تک پہنچ رہے تھے۔ اس کی پشت میری جانب تھی۔

گوریلے کو دیکھ کر اتنی ہیبت میرے دل پر طاری ہوئی کہ بیان سے باہر۔ رائفل میرے ہاتھ میں تھی اور مجھے یاد ہے کہ میں نے اسے جنبش دینے کی کوشش

بھی کی تھی۔ اتنی دیر میں گوریلا دبے پاؤں چلتا ہوا جھاڑیوں میں گم ہو چکا تھا۔ میرے قدم سو سو من کے ہو گئے تھے۔ میں نے الٹے پاؤں بھاگنا چاہا۔ لیکن زمین نے جیسے مجھے جکڑ لیا۔ کیونکہ میرے عقب میں ایک بار پھر خشک پتوں کے چرچرانے اور جھاڑیوں کی شاخیں ٹوٹنے کی آواز سنائی دی۔ میں نے مڑ کر دیکھا تو رہا سہا خون بھی خشک ہو گیا۔ کیونکہ مادہ گوریلا اپنے نر کی تلاش میں ادھر ہی آ رہی تھی۔ میں حیرت انگیز پھرتی کے ساتھ جھاڑیوں کے اندر لیٹ گیا۔ اس وقت میں اگر چاہتا تو اسے آسانی سے اپنی رائفل کا نشانہ بنا سکتا تھا۔ لیکن ارادہ تو یہ تھا کہ انہیں زندہ پکڑا جائے، اس لئے گولی چلانا مناسب نہ تھا۔ رنیز اور دوسرے شکاری نہ جانے کہاں غارت ہو گئے تھے اور مجھے رنیز پر اتنا غصہ آ رہا تھا کہ اگر وہ میرے سامنے ہوتا تو شاید شوٹ کر دیتا۔ گوریلا بڑا سمجھ دار جانور ہے۔ یہ دونوں گوریلے بھانپ گئے تھے کہ شکاری ان کے تعاقب میں لگے ہوئے ہیں۔ اس لئے جھاڑیوں میں چھپے رہے اور صبح ہونے سے پہلے پہلے یہ دونوں یقیناً اس وسیع جنگل میں غائب ہو جائیں گے۔ اس وقت ضرورت تھی کہ رنیز اور شکاریوں کو واپس بلایا جائے۔ فوراً ہی میرے ذہن میں ایک تدبیر آئی اور میں نے عملی جامہ پہنانے کا فیصلہ کر لیا۔ میں رینگتا ہوا آگے بڑھا اور ایک درخت پر چڑھ گیا اور ٹارچ جلا کر اس کی روشنی چاروں طرف پھینکنے لگا۔ پھر ایک ہوائی فائر بھی کیا جس سے جنگل کی سوئی ہوئی فضاء بیدار ہو گئی۔ گوریلے جو پہلے ہی مضطرب تھے۔ اب بے اختیار غرانے اور سینہ کوبی کرنے لگے۔ چند لمحے بعد میں نے دور جنگل میں ایک ٹارچ کی روشنی دیکھی جو قریب آ رہی تھی۔ رنیز اور اس کے ساتھیوں نے میرا اشارہ پا لیا تھا اور وہ تیزی سے میری جانب آ رہے

تھے، پھر رنیز کی رائفل سے جوابی فائر کا دھماکہ جنگل میں گونجا۔

رنیز نے پکار کر کہا۔ "آرمنڈ، تم کہاں ہو؟"

میں نے حلق پھاڑ کر جواب دیا۔ "میں یہاں درخت پر موجود ہوں۔ فکر نہ کرو، یہ گوریلے صبح ہمارے قبضے میں ہوں گے۔ بمبو سے کہو کہ وہ اسی وقت چند آدمیوں کو گاؤں بھیج کر سب آدمیوں کو صبح تک پہنچنے کی ہدایت کر دے تاکہ ہم انہیں زندہ پکڑ سکیں۔ خبردار۔۔۔۔۔۔ کوئی شخص انہیں نقصان پہنچانے کی کوشش نہ کرے۔ یہ گوریلے جوان ہیں اور آسانی سے مانوس ہو سکتے ہیں۔"

تھوڑی دیر بعد میں درخت سے اتر کر رنیز کے پاس پہنچ گیا۔ خوشی کے مارے وہ مجھ سے لپٹ گیا اور بولا۔

"بس اب فتح ہی فتح ہے۔ ہم انہیں صبح تک یقیناً گرفتار کر لیں گے۔ خدا کا شکر ہے کہ اس وقت دو پنجرے بالکل تیار ہیں ۔۔۔۔۔۔ پنجرے نہ ہوتے تو ان گوریلوں کو ہم کہاں قید کرتے۔"

ادھر بمبو چیخ چیخ کر اپنے آدمیوں کو مختلف ہدایتیں دے رہا تھا۔ گوریلے بھی لگاتار غرا رہے تھے۔ انہیں روکنے کے لئے چاروں طرف جلدی جلدی گھاس پھوس کی ڈھیر جمع کر کے آگ لگادی گئی۔ گوریلے آگ سے بہت ڈرتے ہیں اور اس کے قریب نہیں جاتے۔ معلوم ہوا کہ پڑوسی گاؤں کے بہت سے شکاری بھی جن کے پاس پرانے زمانے کی زنگ آلود بندوقیں تھیں، ان گوریلوں کے شکار میں حصہ لینے آئے تھے۔ انہیں سمجھا دیا گیا تھا کہ گوریلوں پر فائر کرنے کی ضرورت نہیں، بلکہ انہیں زندہ پکڑنا ہے۔ یہ سن کر انہوں نے اپنی بندوقیں ایک طرف رکھ دیں اور

ہاتھوں میں نیزے تھام لیے۔ درختوں پر چڑھے ہوئے شکاریوں نے اپنے اپنے پھندے تیار کر لیے۔ نیزہ بردار شکاری تن کر کھڑے ہوئے اور جال کی حفاظت کرنے والے دوڑ کر چاروں طرف پھیل گئے اور ایک سناٹا سا ہر طرف چھا گیا۔ گوریلے اب بھی جھاڑیوں میں دبکے بیٹھے تھے۔ بمبو نے میری جانب دیکھا اور میرا اشارہ پا کر حملہ کرنے کا حکم دے دیا۔

جال کے قریب کھڑے ہوئے شکاری گوریلوں پر نیزے برسانے لگے۔ لیکن اس احتیاط سے کہ نیزے گوریلوں کے دائیں بائیں جھاڑیوں میں پیوست ہوتے رہے اور کسی نیزے نے گوریلوں کو زخمی نہیں کیا۔ نیزوں کے ساتھ ساتھ تیر بھی برس رہے تھے۔ گوریلوں نے لرزہ خیز چیخ ماری اور جھاڑی سے باہر نکل کر ایک جانب دوڑے، لیکن جال نے راستے روک لیا۔ گوریلوں نے اپنے مضبوط اور لمبے ہاتھوں سے جال کو نوچنے کی کوشش کی۔ تو شکاریوں نے ہلکے ہلکے ان کے جسموں میں نیزوں کی انیاں چبھودیں۔

رنیز دوڑ کر جال کی طرف گیا اور بے مثال بہادری کا ثبوت دیتے ہوئے ایک درخت پر چڑھا اور گوریلوں کی سرحد میں کود گیا۔ سینکڑوں آدمیوں کے حلق سے بے اختیار چیخ نکل گئی۔

رنیز کی یہ حرکت اتنی غیر متوقع اور دیوانگی سے بھرپور تھی کہ خود اس جنگل کے باسی جن کی عمریں ایسی ہی مہلک ترین مہموں میں کٹ جاتی ہیں۔ انگشت بدنداں رہ گئے۔ رنیز اب قطعی گوریلوں کے رحم و کرم پر تھا۔ اگرچہ وہ بدحواسی اور خوف کی وجہ سے اس کے نزدیک نہ آئے۔ تاہم وہ اسے آن واحد میں پکڑ کر

ہلاک کر سکتے تھے۔ رنیز کے ایک ہاتھ میں رائفل اور دوسرے میں رسی کا پھندا تھا اس نے للکار کر دوسرے شکاریوں کو بھی جال کے اندر کودپڑنے کی ہدایت کی اور ادھر بوڑھے بمبو نے حیرت انگیز جرات کا مظاہرہ کرتے ہوئے جال کو عبور کر لیا۔ بس پھر کیا تھا۔ بیسیوں نیزہ بردار شکاری گوریلوں کی سرحد میں پہنچ گئے۔ گوریلے جو ادھر ادھر جان بچانے کی کوشش میں دوڑ رہے تھے۔ دبک کر پھر جھاڑیوں میں جا چھپے اور وہیں سے غرانے اور چیخنے لگے۔ شکاری اب چاروں طرف سے ان کے گرد گھیرا ڈالنے میں کامیاب ہوگئے اور اس حصے میں جتنی بھی جھاڑیاں تھیں وہ چند لوگوں نے لمبے لمبے کلہاڑوں کی مدد سے اکھاڑ پھنکیں اور جگہ کشادہ ہوگئی۔

گوریلوں پر سب سے پہلے رنیز نے پھندا پھینکا اور پھر ہر طرف سے پھندوں کی بارش ہوگئی۔ مقامی باشندے، امریکہ کے کاؤبوائے، لوگوں کی طرح پھندے بڑی مہارت سے پھینکتے تھے۔ آدھے گھنٹے کی جان توڑ تگ و دو کے بعد انہوں نے گوریلوں کو قطعی بے بس کر دیا۔ نر گوریلے کی گردن اور ایک ٹانگ اور مادہ گوریلے کے دونوں لمبے بازو پھندے میں جکڑے جا چکے تھے۔ ہر چند کہ پچاس ساٹھ طاقت ور شکاریوں نے یہ رسے پکڑ رکھے تھے لیکن گوریلوں میں بھی اس بلا کی قوت تھی کہ وہ ایک ہی جھٹکے میں ان آدمیوں کو جدھر چاہتے تھے، گھسیٹ لیتے تھے۔

رنیز اب گوریلوں کے بالکل قریب پہنچ چکا تھا اور ایسا معلوم ہوتا تھا کہ یہ مہم ختم ہونے کے قریب ہے کیونکہ بے شمار پھندے ان قوی ہیکل جانوروں کے گرد پڑ چکے تھے۔ اب وہ حرکت کرنے کے قابل بھی نہ رہے۔ البتہ ان کے کھلے ہوئے بھیانک منہ سے ہولناک چیخیں مسلسل نکل رہی تھیں۔

میری نگاہیں گوریلوں پر جمی ہوئی تھیں۔ مادہ گوریلے کو بانسوں کے بنے ہوئے ایک بڑے سے تختے پر لٹا کر باندھا جا چکا تھا اور اب نر کی باری تھی۔ یکا یک اس نے ایک زبردست چیخ کے ساتھ دو تین جھٹکے مارے۔ جھٹکا نا قابل برداشت تھا۔ رسیاں ان کے ہاتھوں سے نکل گئیں۔ گوریلے نے ایک بار پھر زور لگایا اور اپنے دونوں بازو آزاد کرا لیے۔ مجھے خوب یاد ہے کہ اس موقع پر کیسی افراتفری مچی تھی۔ میں نے اپنے دوست رنیز کو دیکھا جو گوریلے کی زد میں آ چکا تھا۔ میں پاگلوں کی طرح اسے بچانے کے لیے دوڑا۔ ادھر سے بمبو اور اس کے چند ساتھی شکاری بھی گوریلے کی طرف لپکے اور اس نے رنیز کو للکار کر پیچھے ہٹ جانے کی ہدایت کی لیکن رنیز کی قسمت میں جو لکھا تھا، پورا ہو کر رہا۔ گوریلے نے غضبناک ہو کر رنیز پر حملہ کیا۔ اس کا فولادی پنجہ رنیز کی گردن پر پڑا اور وہ لڑھکنیاں کھاتا ہوا دور جا گرا۔ دوسرے شکاریوں نے بدحواسی میں اور کام خراب کر دیا۔ انہوں نے جب گوریلے کو اپنے قابو سے باہر دیکھا تو بھاگ کھڑے ہوئے۔ کیونکہ وہ اس وقت بالکل نہتے تھے۔ رنیز گوریلے سے صرف دس بارہ فٹ کے فاصلے پر بے ہوش پڑا تھا۔۔۔۔۔۔ گوریلا چشم زدن میں اس کے سر پر جا پہنچا اور جھک کر اسے ایک تنکے کی مانند اٹھالیا۔ عین اسی لمحے بمبو اور اس کے ساتھیوں کی جانب سے تیر کی مانند نیزے نکلے اور گوریلے کے جسم میں پیوست ہو گئے ایک نیزہ رنیز کی ریڑھ کی ہڈی کو چھید تا ہوا دوسری جانب نکل گیا۔

اس حادثے نے میرے ہوش و حواس گم کر دیئے۔ کسی طرح یقین نہ آتا تھا کہ میرا پرانا اور بہادر دوست رنیز ہلاک ہو چکا ہے۔ میں پتھرائی ہوئی آنکھوں سے

اپنے دوست کی لاش کو دیکھ رہا تھا جو تھوڑی دیر پہلے جوانی، قوت اور صحت کا مجسمہ تھا۔ لیکن اب ہمیشہ کے لیے خاموش ہو چکا تھا۔ اس کی جلد بازی اور جوش نے اسے موت کے دروازے تک پہنچا دیا۔ مردہ گوریلا جس کے جسم میں بیس پچیس نیزے پیوست تھے، رنیز کے قریب ہی پڑا تھا اور اس کی مادہ اب بھی بری طرح چیخ رہی تھی۔ اس حادثے نے ایسا ناگوار اثر میرے قلب و دماغ پر ڈالا کہ میں نے گوریلے کی مادہ بھی رہا کر دینے کا حکم دے دیا اور تیسرے روز ہی ملازموں کو لے کر امریکہ واپس جانے کی تیاریاں کرنے لگا۔

***

۴

پچاس لاکھ کے نوٹ

تحریر: ایڈگر ویلس

ترجمہ: ڈاکٹر رؤف پاریکھ

اب کیا ہو گا؟ 'مے' نے سوچا۔ "یہ گھر، یہ زمینیں، یہ گھوڑے اور گاڑیاں، کیا یہ سب کچھ بیچنا پڑے گا؟"

معاملہ ہی کچھ ایسا تھا، اس کے والد نے اسے بتایا تھا کہ ان کے کاروبار میں بہت بڑا نقصان ہو گیا ہے اور اب اُنھیں اپنی ہر چیز بیچنی پڑے گی۔ اس کا خیال تھا کہ اس قسم کی باتیں صرف قصے کہانیوں میں ہوا کرتی ہیں لیکن اب اسے لگ رہا تھا کہ اس کے والد کی تمام دولت قصے کہانیوں کی بات ہو جائے گی۔ وہ ٹہلتی رہی اور سوچتی رہی۔ آخر وہ اپنے والد سے کھل کر بات کرنے کا ارادہ کر کے ان کے کمرے کی طرف بڑھی لیکن وہ باہر برآمدے ہی میں اسے مل گئے۔ وہ اپنی پسندیدہ آرام دہ کرسی پر بیٹھے ہوئے تھے۔ 'مے' کے قدموں کی آہٹ سن کر اُنھوں نے سر اٹھایا اور اسے دیکھ کر ایک پھیکی سی مسکراہٹ ان کے چہرے پر اُبھری۔

مے نے ان کے کندھے پر ہاتھ رکھا اور بولی: "ڈیڈی! کچھ بتائیے تو سہی کہ کیا ہوا اور کیسے ہوا؟ آخر پچاس لاکھ کے نوٹ غائب کہاں ہو گئے؟"

"لو، اب ہماری بیٹی بھی کاروبار کی فکر کر رہی ہے۔" اس کے والد نے کہا۔ ان کا نام جان انٹرم تھا۔ وہ ایک دولت مند تاجر تھے اور مختلف ملکوں کے کرنسی نوٹوں کی خرید و فروخت کرتے تھے۔

"میں کاروباری معاملات تو نہیں سمجھتی، لیکن مجھے کچھ بتائیے تو سہی، شاید میں کچھ مدد کر سکوں۔ اب میں اتنی چھوٹی بھی نہیں۔" مے نے کہا۔

"بیٹھو۔" اُنھوں نے دوسری کرسی کی طرف اشارہ کرتے ہوئے کہا۔ "یہ معاملہ اس مہینے کی اٹھارہ تاریخ کو شروع ہوا جب پرنس نامی بحری جہاز یہاں نیو یارک سے انگلستان روانہ ہونے والا تھا۔ یہ جہاز دو بھائیوں فرانسس اور اسمتھ کا ہے۔ تم فرانسس اور اسمتھ کو جانتی ہو؟"

"یہ جو ہمارے رشتے دار ہیں؟" مے نے پوچھا۔

"بالکل وہی۔" مسٹر جان نے کسی قدر افسوس کے ساتھ کہا اور پھر بولے۔ "بینک آف انگلینڈ سے میرا ایک کاروباری معاہدہ ہوا تھا اور بینک نے مجھ سے پچاس لاکھ ڈالر کے مختلف ملکوں کے نوٹ خریدے تھے۔ یہ نوٹ میں نے لوہے کے چھ صندوقوں میں بھرے اور ان صندوقوں پر دھات کے ایسے ٹانکے لگائے کہ وہ بالکل بند ہو گئے۔ یہ میں نے اس لیے کیا کہ ان میں ہوا یا پانی نہ جا سکے۔ پھر ان کو لکڑی کے صندوقوں میں بند کروا کے بحری جہاز پرنس پر لاد دیا گیا۔ بحری جہازوں میں ایسی قیمتی چیزیں اور سامان لے جانے کے لیے ایک خاص کمرہ ہوتا ہے، جسے

اسٹر انگ روم کہتے ہیں۔ اس کمرے کا ایک دروازہ برابر والے کیبن میں کھلتا ہے۔ اس کیبن میں ایک ملاح کو ان چیزوں کی حفاظت کے لیے رکھا جاتا ہے۔ تو بھئی، یہ چھ صندوق، جن میں پچاس لاکھ کے نوٹ تھے، اس جہاز کے اسٹر انگ روم میں رکھ دیے گئے۔ اس کی چابی فرانسس کے پاس تھی، اور چوں کہ معاملہ بہت بڑی رقم کا تھا، لہٰذا اس نے فیصلہ کیا کہ جب تک جہاز روانہ نہیں ہو جائے گا، وہ جہاز پر ہی رہے گا۔ چنانچہ اس نے ایسا ہی کیا، یہاں تک کہ رات کو سویا بھی اسٹر انگ روم کے برابر والے کیبن میں بلکہ جب دن کے وقت وہ کسی کام سے اِدھر اُدھر گیا تو اپنے ذاتی ملازم ڈیوڈ کو اسٹر انگ روم کے برابر والے کیبن میں بٹھا گیا۔"

"ڈیڈی، نوٹوں کا کیا بنا؟ یہ بتایئے؟" مے نے بے تابی سے کہا۔

"بتاتا ہوں بیٹی، میں ساری بات تفصیل سے اس لیے بتا رہا ہوں کہ پورا معاملہ تمھاری سمجھ میں آجائے اور تم اس معمے کو حل کرنے میں میری کچھ مدد کر سکو۔ ہاں تو، ۱۸ تاریخ کو صندوق جہاز پر لاد دیے گئے اور اسٹر انگ روم میں تالا لگا دیا گیا۔ اس کی چابی فرانسس کے پاس تھی۔ رات کو فرانسس اسٹر انگ روم کے برابر والے کیبن میں سویا اور صبح یعنی ۱۹ تاریخ کو جب جہاز کی روانگی کا وقت ہوا تو اس نے جہاز کے قانون کے مطابق، ان ۶ صندوقوں کے کاغذات جہاز کے 'پرسر' کو دے دیے۔" اتنا کہہ کر وہ رُک گئے اور پھر کچھ سوچ کر بولے:" پرسر جہاز کا ایک افسر ہوتا ہے جو تمام سامان کے اور مسافروں کے کاغذات کا خیال رکھتا ہے۔"

"آگے بتایئے، مجھے معلوم ہے کہ 'پرسر' کسے کہتے ہیں۔" مے نے جلدی سے کہا۔

"ہاں تو، فرانسس نے کاغذات پرسر کے حوالے کر دیے، اور اس سے کہا کہ یہ چھ صندوق بہت قیمتی ہیں۔ ان میں پچاس لاکھ کے نوٹ ہیں۔ اب ان کو انگلستان تک حفاظت سے پہنچانا آپ کی ذمہ داری ہے۔ آپ اطمینان کر لیجیے کہ اسٹر انگ روم میں صندوق موجود ہیں۔ یہ اسٹر انگ روم کی چابی ہے۔ میں اسٹر انگ روم کا دروازہ کھولتا ہوں۔" یہ کہہ کر فرانسس نے تالے میں چابی گھمائی اور جب اسٹر انگ روم کا دروازہ کھلا تو۔۔۔ تو وہاں کچھ بھی نہ تھا۔"

"کچھ بھی نہ تھا؟ کیا اسٹر انگ روم میں کوئی کھڑکی تھی؟" مے نے پوچھا۔

"کھڑکی کہو یا کچھ اور اصل میں اس کو پورٹ ہول کہتے ہیں۔ یہ ایک گول روشن دان سا ہوتا ہے اور تمام بحری جہازوں میں اس قسم کے پورٹ ہول ہوتے ہیں۔ یہ پورٹ ہول جس رُخ پر تھا، اس طرف پانی تھا اور اس میں سے کوئی چیز گرتی تو سیدھی پانی میں جاتی۔ بہر حال، فرانسس نے ایک ہنگامہ کھڑا کر دیا۔ سارا جہاز دو دفعہ چھان مارا گیا۔ ہر جگہ دیکھ لی گئی لیکن کہیں صندوقوں کا نام نشان تک نہ تھا۔ کسی نے کسی کو جہاز سے کوئی چیز لے جاتے ہوئے بھی نہیں دیکھا تھا۔ چوں کہ صبح جہاز کو روانہ ہونا تھا، اس لیے ساری رات اس پر سامان لادا جاتا رہا تھا اور جہاز کے افسر اور مزدور وہاں موجود رہے۔ ظاہر ہے، اگر کوئی چھ کیا ایک صندوق بھی لے کر جاتا تو جہاز سے اُترنے سے پہلے ہی اسے پکڑ لیا جاتا۔"

"تو پھر صندوق گئے کہاں؟" مے نے پوچھا۔

"خدا ہی جانے۔۔۔ خیر، اسی وقت پولیس بلائی گئی اور اس نے غوطہ خور بھی پانی میں اُتارے لیکن کچھ پتا نہ چلا۔" مسٹر جان نے افسوس سے کہا۔ "اب خیال آتا

ہے کہ اتنی بڑی رقم ایک ساتھ بھیجنا حماقت تھی۔"

تھوڑی دیر خاموشی رہی۔ دونوں باپ بیٹی اپنی اپنی سوچوں میں گم تھے۔ آخر مے نے کہا: "ڈیڈی آپ بینٹ سے کیوں نہیں بات کرتے؟"

"بینٹ؟ وہ شوقیہ سراغ رساں؟" جان نے حیرت سے کہا "وہ بھلا کیا کرے گا؟ پولیس کی سمجھ میں کچھ نہیں آرہا۔ یہ ٹھیک ہے کہ وہ ہمارا رشتے دار ہے اور میں مانتا ہوں کہ وہ بہت ذہین ہے لیکن۔۔۔"

"لیکن ویکن کچھ نہیں، ڈیڈی۔ میرا خیال ہے، وہی ہماری کچھ نہ کچھ مدد کر سکتا ہے۔ میں اسے فون کر کے بلا رہی ہوں۔"

بینٹ کے آنے پر مے نے اسے ساری تفصیل بتائی۔ مسٹر جان نے اسے بتایا کہ جہاز ابھی تک بندرگاہ پر کھڑا ہے اور پولیس اسے جانے کی اجازت نہیں دے رہی۔ بینٹ کچھ دیر بعد بندرگاہ کی طرف روانہ ہو گیا۔ چند گھنٹوں بعد جب وہ واپس آیا تو مسٹر جان نے اسے مسکراتے ہوئے کہا: "ہاں بھئی، کیا پتا چلا؟" لیکن ان کے لہجے میں ایک عجیب سی بے یقینی تھی۔

"بہت کچھ۔" بینٹ نے بتانا شروع کیا۔ "پہلی عجیب بات تو یہ معلوم ہوئی کہ جس کیبن میں فرانسس سویا تھا، اس میں سے چھ تولیے غائب ہیں۔"

"تولیوں کا بھلا اس کیس سے کیا تعلق؟" مسٹر جان نے کہا۔

"بہت گہرا تعلق ہے۔ ابھی آپ کو بتاتا ہوں۔ چھ صندوق اور چھ تولیے۔ دوسری بات یہ کہ جہاز کا ایک ملازم اس رات کیبن کے باہر موجود تھا۔ اسے حفاظت کے خیال سے وہاں بٹھایا گیا تھا۔ میں نے اس سے بات کی۔ اس کا کہنا ہے کہ اس

رات وہ ایک اسٹول پر کیبن کے باہر بیٹھا تھا اور اسے اونگھ آرہی تھی لیکن اسے اچھی طرح یاد ہے کہ اس نے آدھی رات کو کریک کریک کی آوازیں سنی تھیں۔ اس کا کہنا ہے کہ یہ آوازیں ایسی تھیں جیسے کوئی ٹائم پیس میں چابی بھر رہا ہو اور سب سے زیادہ عجیب بات یہ ہے کہ اس نے یہ آواز چھ دفعہ سنی!"

"چھ دفعہ؟" مے نے حیرت سے کہا۔

"ہاں، چھ دفعہ، چھ صندوق، چھ تولیے، چھ آوازیں۔" بینٹ نے کہا۔ "دوسری بات یہ کہ وہ صندوق خاصے وزنی تھے۔ کوئی شخص انھیں اتنی آسانی سے اٹھا کر زیادہ دور نہیں لے جاسکتا اور پھر جہاز پر اور بندرگاہ پر بھی خاصے لوگ موجود تھے۔ لہٰذا یہ بات یقینی ہے کہ صندوق جہاز پر سے نہیں اُتارے گئے۔ میں نے پورٹ ہول کا معائنہ کیا ہے۔ وہ اتنا بڑا ضرور ہے کہ اس میں سے وہ صندوق ایک ایک کرکے نکل جائیں لیکن اس کے فریم پر لوہے کی پتری لگی ہے۔ اگر صندوق اس میں سے گزارے جاتے تو ان کی لکڑی کے پتری پر رگڑ کھانے سے پتری پر نشان ضرور پڑتے مگر اس پر کوئی نشان نہیں۔ اس کا مطلب یہ ہے کہ جس کسی نے بھی صندوق پورٹ ہول سے نیچے پھینکے۔ اس نے ان پر پہلے تولیہ لپیٹا تھا۔"

"تمھارا مطلب ہے، صندوق پورٹ ہول سے پانی میں پھینکے گئے؟" مسٹر جان نے کہا۔

"بالکل جناب۔" بینٹ نے جواب دیا۔

"لیکن پولیس کے غوطہ خوروں نے جہاز کے اردگرد کے تمام علاقے میں سمندر کی تہہ کھنگال ڈالی تھی۔ انھیں کوئی صندوق نہیں ملا۔" مسٹر جان نے کہا۔

"آپ بھول رہے ہیں کہ صندوق آدھی رات کے لگ بھگ پانی میں پھینکے گئے اور پولیس صبح کے وقت آئی۔ مجرموں کے پاس صندوق سمندر کی تہہ سے نکال کر لے جانے کا خاصا وقت تھا اور اُنھوں نے ایسا ہی کیا۔" بینٹ نے اطمینان سے جواب دیا۔

"لیکن یہ کون لوگ ہوسکتے ہیں؟" مے نے پوچھا "اور پھر سمندر کی تہہ میں صندوق تلاش کرنا اور اُنھیں نکالنا اتنا آسان تو نہیں۔"

"اصولاً تو فرانسس ہی کو اس ساری گڑبڑ کا ذمے دار ٹھہرایا جانا چاہیے کیوں کہ چابی اسی کے پاس تھی اور۔۔۔" بینٹ نے کہا۔

"تم جانتے ہو کہ وہ میرا رشتے دار ہے اور تمھارا بھی۔ اس لیے میں اس پر کسی قسم کا الزام لگانا مناسب نہیں سمجھتا۔" مسٹر جان نے بینٹ کی بات کاٹ کر کہا۔

"بہر حال، میرا اس سے ملنا ضروری ہے، اور میں وہیں جارہا ہوں" یہ کہہ کر بینٹ چلا گیا۔

فرانسس اور اسمتھ ایک بڑے سے گھر میں رہتے تھے۔ دونوں میں سے کسی نے بھی شادی نہیں کی تھی۔ والد کے انتقال کے بعد انھیں خاص جائیداد ورثے میں ملی تھی لیکن اپنی نااہلی کی وجہ سے اُنھوں نے ساری جائیداد ٹھکانے لگادی۔ یہاں تک کہ ان کے بحری جہازوں کی کمپنی میں بھی صرف دو جہاز رہ گئے تھے۔ بینٹ جب ان کے گھر پہنچا تو دونوں بھائی گھر پر ہی تھے۔ بینٹ کو دیکھ کر اُنھوں نے خوشی کا اظہار نہیں کیا بلکہ اسمتھ تو گاڑی میں بیٹھ کر کہیں چلا گیا۔

"کتنی عجیب بات ہے کہ رشتے دار ہونے کے باوجود ہم لوگ ایک دوسرے

سے برسوں نہیں مل پاتے۔" بینٹ نے صوفے پر بیٹھتے ہوئے کہا: "میں نے سوچا تم لوگوں سے مل لوں اور تمھارا گھر بھی دیکھ لوں۔"

"ہاں، ہاں کیوں نہیں۔" فرانسس نے کہا۔

"اور میں نے سنا ہے کہ تم لوگوں کا کاروبار خاصے نقصان میں جارہا ہے اور تم اپنے جہاز اور یہ مکان وغیرہ فروخت کر کے فرانس جانا چاہتے ہو۔" بینٹ نے کہا۔

"لگتا ہے، تم ہمارے بارے میں خاصی چھان بین کر چکے ہو۔" فرانسس نے چبھتے ہوئے لہجے میں کہا "ویسے گھر تم ضرور دیکھو، لیکن یہ کرید اچھی نہیں۔"

"ارے، تم تو بلاوجہ ناراض ہو رہے ہو۔ دراصل میرے ایک دوست کے والد ایک اچھا مکان خریدنا چاہ رہے ہیں۔ اُنھیں جائیداد کی خرید و فروخت کرنے والی ایک کمپنی نے تمھارا نام اور پتا بتایا۔ مجھے پتا چلا تو میں نے کہا کہ یہ تو میرے رشتے دار ہیں۔ میں ایک نظر پہلے مکان پر ڈال لوں۔ پھر آپ کو بتاؤں گا کہ مکان کیسا ہے اور شاید میرے رشتے دار آپ کو یہ مکان کچھ کم قیمت پر بھی دے دیں۔" بینٹ نے بات بتائی۔

فرانسس بے دلی سے اُٹھا اور اسے مکان دکھانے لگا۔ دونوں ایک ایسے کمرے میں پہنچے جو مختلف اوزاروں اور پرزوں سے بھرا ہوا تھا۔

"یہ کیا ہے؟" بینٹ نے حیرانی سے چاروں طرف دیکھا۔

"ارے بھئی، یہ اسمتھ کا گودام ہے۔ وہ اسے تجربہ گاہ کہتا ہے۔ کم بخت اچھا خاصا سائنس دان ہے۔ اُلٹی سیدھی چیزیں بناتا رہتا ہے بلکہ اس نے ایک ایجاد تو ایسی کی ہے جو پانی میں۔۔۔." فرانسس کچھ کہتے کہتے رُک گیا۔

"ہاں، ہاں کہو پانی میں کیا؟" بینٹ نے پوچھا۔

"کچھ نہیں، میرا مطلب ہے، وہ۔۔۔ رقم جو اس نے ایجاد میں لگائی تھی، وہ سب کی سب ڈوب گئی۔ بہت نقصان ہوا۔" فرانسس نے جلدی سے کہا۔

"وہ ایجاد تھی کیا؟" بینٹ نے پوچھا۔

"خدا جانے، میں ان سائنسی باتوں کو بھلا کیا سمجھوں۔" فرانسس نے بات بدلنے کی کوشش کی لیکن بینٹ کو اندازہ ہو چکا تھا کہ کوئی گڑبڑ ضرور ہے۔ تب اس کی نظر رنگ کے ایک ڈبے پر پڑی جو حال ہی میں کھولا گیا تھا کیوں کہ اس کے ڈھکن پر رنگ کے نشان تھے اور زیادہ پرانے نہیں لگتے تھے۔ اس ڈبے پر لکھا تھا "روشن رنگ" بینٹ سوچ میں پڑ گیا۔

دو تین دن گزر گئے، کچھ نہ ہوا، آخر مے نے اُکتا کر بینٹ کو فون کیا۔ "کہاں ہو تم؟ نوٹوں کا کیا بنا؟ ڈیڈی بار بار پوچھ رہے ہیں۔"

"اچھا ہوا تم نے فون کر لیا۔ میں تمھیں خوش خبری سنانے ہی والا تھا۔"

"کیسی خوش خبری؟" مے کے دل کی دھڑکن تیز ہو گئی۔

"اپنے ڈیڈی سے کہہ دینا کہ صبح تک ان کی پوری رقم ان کے گھر پہنچ جائے گی۔" بینٹ نے ہنستے ہوئے کہا۔

"مذاق مت کرو، ہم پریشان ہیں۔" مے بُرا مان کر بولی۔

"ارے، میں مذاق نہیں کر رہا، کل صبح دیکھ لینا۔ پوری بات کل صبح آ کر ہی بتاؤں گا۔" یہ کہہ کر بینٹ نے فون رکھ دیا اور مے ہیلو ہیلو کرتی رہ گئی۔

اگلی صبح واقعی مسٹر جان انٹرم کے چھ صندوق، ایک ٹرک میں ان کے گھر پہنچ

گئے۔ جب ان کو کھول کر دیکھا گیا تو رقم پوری تھی۔ پورے پچاس لاکھ۔ اتنے میں بینٹ آ گیا۔ مسٹر جان نے اسے سینے سے لگالیا اور بولے: "معاف کرنا۔ جب مے نے مجھ سے کہا کہ بینٹ کو اس کیس کی تفتیش کرنے دیں تو میں نے تمھیں شوقیہ سراغ رساں کہا تھا۔ تم تو چھپے رستم نکلے لیکن یہ قصہ کیا تھا؟"

بینٹ صوفے پر بیٹھ گیا۔ چند لمحے سوچتا رہا۔ پھر بولا۔ "آپ وعدہ کیجیے کہ اس کا ذکر کسی سے نہیں کریں گے اور پولیس میں بھی کیس ختم کروادیں گے۔"

"ٹھیک ہے، لیکن پتا تو چلے کہ ہوا کیا تھا۔" مسٹر جان بولے۔

"میں نے فرانسس اور اسمتھ سے وعدہ کیا ہے کہ ان کے خلاف کوئی کارروائی نہیں ہو گی۔"

دونوں باپ بیٹی نے ایک دوسرے کی طرف دیکھا لیکن بولے کچھ نہیں۔

بینٹ بولا: "دراصل یہ دونوں مالی اعتبار سے بالکل تباہ ہو چکے ہیں۔ لاکھوں کا قرضہ ہے ان پر اور شاید جہاز بیچ کر بھی ان کا قرض ادا نہ ہو۔ اسی لیے اُنھوں نے پچاس لاکھ کی رقم ہتھیانے کا منصوبہ بنایا۔ اسمتھ بہت ذہین ہے۔ اس نے ایک ایسا آلہ ایجاد کرلیا تھا جو پانی میں گھڑی کی طرح چلتا ہے۔ دراصل وہ پانی کا ٹائم بم ایجاد کرنے کی فکر میں تھا کہ اس نے یہ چیز بنالی۔ اس میں ایک گھڑی ہوتی ہے، جس کی سوئی کو گھما کر آپ ٹائم پیس کی طرح کسی بھی وقت پر لگا سکتے ہیں۔ جب گھڑی کی سوئیاں اس وقت پر پہنچتی ہیں تو اس کا ایک خانہ کھٹاک سے کھلتا ہے اور اس میں سے ایک کارک باہر نکلتا ہے۔ چوں کہ کارک وزن میں ہلکا ہوتا ہے اس لیے خانے میں سے نکلتے ہی تیزی سے اوپر اُٹھتا ہے اور پانی کی سطح پر پہنچ کر تیرنے لگتا ہے۔ اس کارک سے ایک

دھاگا بندھا ہوتا ہے جس کا دوسرا سرا اس آلے سے بندھا ہوتا ہے۔ اب آپ سمجھ گئے ہوں گے کہ ان دونوں نے اس آلے کی مدد سے کس طرح صندوق پار کر لیے۔"

"یہ تو تم نے آلے کے بارے میں بتایا۔ صندوق کہاں غائب ہو گئے تھے؟" مسٹر جان نے پوچھا۔

"سیدھی سی بات ہے۔ فرانسس نے آدھی رات کے وقت اسٹرانگ روم کھول کر صندوق پر تولیے لپیٹے اور ہر صندوق کے ساتھ ایک ایک آلہ لگا دیا۔ اس کے بعد صندوقوں کو پورٹ ہول سے سمندر میں پھینک دیا۔ اس نے گھڑیوں میں دو بجے کا وقت لگایا تھا اور اس سے جو کریک کریک کی آواز پیدا ہوئی تھی، وہ کیبن کے باہر بیٹھے ہوئے آدمی نے سنی تھی۔ خیر، صندوقوں کے پانی میں گرنے سے زیادہ شور نہیں ہوا کیوں کہ پورٹ ہول زیادہ اونچائی پر نہیں تھا اور پھر اس کا رخ گودی کی طرف نہیں، سمندر کی طرف تھا۔ اس لیے نہ کسی نے صندوق پانی میں گرتے دیکھے اور نہ چھپاکے کی آواز سنی۔ اسمتھ کچھ دیر بعد کشتی لے کر آیا اور دو بجے کے قریب جہاز کے پاس پہنچا۔ دو بجتے ہی آلوں کے خانے کھل گئے اور ایک ایک کر کے چھ کارک پانی کی سطح پر اُبھرے۔ ان کارکوں پر اسمتھ نے روشن رنگ کر رکھا تھا۔"

"یہ روشن رنگ کیا چیز ہے؟" مے نے پوچھا۔

"روشن رنگ ایک خاص قسم کا رنگ ہے۔ جب اس پر روشنی پڑتی ہے تو وہ چمکنے لگتا ہے۔ آپ نے بعض گاڑیوں پر روشن رنگ کے اسٹیکر لگے دیکھے ہوں گے۔ فٹ پاتھوں کے کناروں پر بھی یہ رنگ لگا ہوتا ہے۔ رات کے اندھیرے میں ان پر

روشنی پڑتی ہے تو ان کے چمکنے سے گاڑیاں چلانے والوں کو آسانی ہو جاتی ہے۔ لو جناب، جب اسمتھ کشتی لے کر آیا تو ٹارچ کی روشنی میں اسے چھ کارک دور ہی سے نظر آگئے جو دھاگے کے ذریعے صندوقوں سے بندھے ہوئے تھے اور پانی کی سطح پر تیر رہے تھے۔ اس نے یہ صندوق پانی سے نکال لیے اور انھیں کشتی میں رکھ کر لے گیا۔"

"لیکن تم نے انھیں پکڑا کیسے ؟" مسٹر جان نے پوچھا۔

"جب میں نے کریک کریک کی آوازوں کی بات سنی تو شہر کے گھڑی سازوں سے ملا۔ اُنھوں نے مجھے بتایا کہ یہ مخصوص ٹائم پیس پر خاص وقت لگانے کی آواز ہو سکتی ہے۔ پانی کے ایسے آلے کسی زمانے میں فوجی لوگ مختلف تجربوں کے لیے استعمال کرتے تھے۔ کبھی ٹائم بم بنانے کے لیے اور کبھی چیزیں پانی میں چھپا کر دو تین گھنٹوں کے بعد نکالنے کے لیے۔ اس کے بعد میں نے فرانسس کے بارے میں تحقیق کی۔ کیوں کہ میرا شبہ اسی پر تھا۔ مجھے پتا چلا کہ یہ دونوں بھائی کنگال ہو چکے ہیں اور مکان بیچ کر ملک چھوڑنے کے چکر میں ہیں۔ اس سے میرا شبہ بڑھ گیا۔ میں نے ان کے گھر میں روشن رنگ کا تازہ کھلا ہوا ڈبا دیکھا اور فرانسس کے منھ سے نکل گیا کہ اسمتھ نے پانی کی کوئی چیز ایجاد کی ہے۔ میں نے اس ایجاد کے بارے میں تحقیق کی تو پتا چلا کہ اسمتھ نے اسے اپنے نام سے پیٹنٹ کرانے کے لیے حکومت کے محکمے کو درخواست دے رکھی ہے۔ اس نے درخواست کے ساتھ ایجاد کی پوری تفصیل بھی لکھی تھی۔ اسے پڑھ کر مجھے یقین ہو گیا کہ یہ کام ان دونوں بھائیوں ہی کا ہے۔ میں نے انھیں جب ساری بات بتائی تو پہلے تو اُنھوں نے ماننے سے انکار کر دیا لیکن جب

میں نے پولیس میں جانے کی دھمکی دی تو دونوں گڑگڑانے لگے اور پوری رقم واپس کردی۔ یہ تھا پورا قصہ، آپ کو اپنی پچاس لاکھ کی رقم مبارک ہو۔"

بینٹ جیسے جیسے تفصیل بتا رہا تھا، مسٹر جان اور مے حیرت کے سمندر میں ڈوبتے جارہے تھے۔

***

۵

ہیرے والا شتر مرغ

تحریر: ایچ جی ویلز

ترجمہ: ڈاکٹر رؤف پاریکھ

"اگر تم پرندوں کی قیمت کی بات کرتے ہو تو میں تمھیں بتاؤں کہ میں نے ایک ایسا شتر مرغ بھی دیکھا ہے، جس کی قیمت تین ہزار پاؤنڈ لگائی گئی تھی۔"

"تین ہزار پاؤنڈ! سمجھے؟" اس نے مجھے چشمے کے اوپر سے گھورتے ہوئے کہا۔

اس کا کام پرندوں کی کھال میں بھس بھر کر اُنھیں بیچنا تھا۔ اسی لیے وہ پرندوں اور ان کی قیمتوں کے قصے سنایا کرتا تھا۔

"تین ہزار پاؤنڈ؟" میں نے حیرت ظاہر کی۔ "کیا وہ شتر مرغ کسی نایاب نسل کا تھا؟"

"نہیں ایسی کوئی بات نہیں تھی۔ وہ اور باقی چار شتر مرغ جن کا میں قصہ سنانے والا ہوں وہ پانچوں عام سے شتر مرغ تھے، بلکہ ایک کی کھال کا رنگ بھی مناسب دانہ پانی نہ ملنے کی وجہ سے اُڑ گیا تھا لیکن ان میں سے ایک شتر مرغ نے ایک نہایت

قیمتی ہیرا نگل لیا تھا۔"

"شتر مرغ نے ہیرا نگل لیا تھا؟"

"ہاں۔"

اس نے ہماری دلچسپی دیکھ کر پورا قصہ سنانا شروع کیا جو یوں تھا۔

وہ ہیرا ایک ہندو بیوپاری کا تھا۔ اس کا نام موہن تھا۔ موہن ایک موٹا سا آدمی تھا۔ اس کی پگڑی میں وہ ہیرا لگا ہوا تھا۔ شتر مرغ نے اس کی پگڑی پر چونچ ماری اور ہیرا نگل لیا۔ جب موہن کو پتا چلا کہ یہ کیا ہو گیا ہے تو اس نے ایک ہنگامہ کھڑا کر دیا۔ یہ سب کچھ ذرا سی دیر میں ہو گیا۔ میں ان لوگوں میں شامل تھا جو سب سے پہلے وہاں پہنچے۔ دراصل ہم لوگ لندن جانے کے لیے ایک بحری جہاز میں سوار ہو رہے تھے جب میں وہاں پہنچا تو موہن، دو ملاحوں اور شتر مرغ کے رکھوالے کے درمیان اچھی خاصی گرما گرمی ہو رہی تھی، بلکہ شتر مرغوں کا رکھوالا تو ہنستے ہنستے دہرا ہوا جا رہا تھا۔ یہ پانچوں شتر مرغ لندن لے جانے کے لیے بحری جہاز پر پہنچائے جا رہے تھے کہ ان میں سے ایک نے پاس کھڑے ہوئے ایک ہندو بیوپاری موہن کی پگڑی میں لگا ہوا ہیرا نگل لیا۔ اس وقت شتر مرغوں کا رکھوالا وہاں موجود نہیں تھا۔ وہ تھوڑی دیر بعد پہنچا۔ اس لیے اسے بھی معلوم نہیں تھا کہ کون سے شتر مرغ نے ہیرا نگلا ہے۔ بہر حال ہم سب لوگ بحری جہاز پر سوار ہو گئے اور جہاز لندن کے لیے روانہ ہو گیا۔ شتر مرغ بھی جہاز پر سوار تھے۔

بحری جہاز پر اس قسم کی خبریں بہت تیزی سے پھیلتی ہیں۔ چنانچہ تھوڑی ہی دیر بعد جہاز کے تمام مسافروں کو اس بات کا پتا لگ گیا کہ جہاز پر سوار شتر مرغوں

میں سے ایک کے پیٹ میں ایک ہیرا موجود ہے جو اس نے ایک مسافر کی پگڑی سے اُچک لیا تھا۔

ہر شخص اسی کے بارے میں بات کر رہا تھا۔ موہن اپنے جذبات چھپانے کے لیے اپنے کیبن میں چلا گیا لیکن رات کے کھانے پر جب سب مسافر جہاز کے کھانے کے کمرے میں جمع ہوئے تو موہن ایک میز پر جہاز کے کپتان کے ساتھ بیٹھا ہوا تھا۔ موہن نے کپتان پر زور دیا کہ وہ کسی نہ کسی طرح اس کا ہیرا واپس دلوائے۔

اس کا کہنا تھا کہ میں وہ شتر مرغ نہیں خریدوں گا، بلکہ مجھے میرا قیمتی ہیرا واپس دلوانا کپتان کا فرض ہے۔

اس نے یہ بھی کہا کہ اگر مجھے میرا ہیرا واپس نہ ملا تو میں لندن پہنچ کر پولیس میں شکایت درج کراؤں گا۔ لہٰذا بہتر ہے کہ شتر مرغوں کو کوئی دوا کھلا کر ہیرا حاصل کیا جائے۔

اُدھر شتر مرغوں کا رکھوالا بھی ایک ضدی آدمی نکلا۔ اس نے کہا کہ میں شتر مرغوں کو دوا دے کر ہیرا حاصل کرنے کی اجازت نہیں دے سکتا۔ اس کا کہنا تھا کہ میں ان شتر مرغوں کا مالک نہیں ہوں بلکہ صرف رکھوالا ہوں اور مجھے سختی سے ہدایت کی گئی ہے کہ شتر مرغوں کو صرف فلاں فلاں چیز کھلائی جائے اور انھیں فلاں فلاں طریقے سے رکھا جائے۔ جب کہ موہن کا کہنا تھا کہ چوں کہ شتر مرغوں میں سے ایک نے اس کا ہیرا نگل لیا ہے اس لیے اب وہ جس طرح چاہے ہیرا نکال سکتا ہے، چاہے ان کا پیٹ کاٹ کر ہی کیوں نہ نکالا جائے۔ اس طرح یہ مسئلہ ایک قانونی شکل اختیار کر گیا تھا لیکن جہاز پر کوئی وکیل موجود نہیں تھا۔ اس لیے ہر مسافر

اپنی اپنی رائے دے رہا تھا۔ مسافروں میں سے اکثر کا کہنا تھا کہ موہن کو شتر مرغ خرید لینے چاہییں، پھر اس کا جو جی چاہے ان کے ساتھ کرے۔

جہاز عدن کی بندرگاہ پر رُکا اور جب وہاں سے چلا تو رات کے کھانے پر موہن نے مسافروں کی بات مان لی اور پانچ کے پانچ شتر مرغ خریدنے کے لیے تیار ہو گیا لیکن اگلی صبح ناشتے پر صورت حال پھر بدل گئی کیوں کہ شتر مرغوں کے رکھوالے نے اعلان کیا کہ وہ شتر مرغوں کا مالک نہیں ہے، اس لیے وہ اُنھیں کیسے بیچ سکتا ہے؟ اور دنیا کی کوئی طاقت اسے مالک سے پوچھے بغیر شتر مرغ بیچنے پر مجبور نہیں کر سکتی۔

اس پر ایک مسافر کھڑا ہو گیا۔ اس کا نام پوٹر تھا۔ اس نے اعلان کیا کہ شتر مرغوں کے رکھوالے کو میں نے بھی ایک اچھی خاصی رقم کی پیش کش کی تھی لیکن وہ شتر مرغ بیچنے پر تیار نہیں تھا۔ اس لیے جب جہاز عدن پر ٹھہرا ہوا تھا تو میں نے وہاں سے شتر مرغ کے مالک کو لندن تار دے کر تمام شتر مرغ خریدنے کی پیش کش کی تھی۔ اس کا جوابی تار مجھے جہاز کی اگلی منزل پر یعنی 'سویز' پر مل جائے گا۔ یہ سن کر موہن نے پوٹر کو سب کے سامنے بُرا بھلا کہا۔ اس کی صورت دیکھنے والی تھی لیکن جہاز کے باقی سب مسافر پوٹر کو ایک ہوشیار آدمی مان گئے۔

جب جہاز سویز پہنچا تو پوٹر کے تار کا جواب لندن سے آ چکا تھا۔ شتر مرغوں کے مالک نے اُنھیں پوٹر کے ہاتھ فروخت کرنے کی ہامی بھر لی تھی۔ اب پوٹر شتر مرغوں کا مالک بن چکا تھا۔ یہ خبر سن کر موہن کی آنکھوں میں آنسو آ گئے۔ آخر اس نے پوٹر سے کہا کہ میں شتر مرغ تم سے خریدنے کے لیے تیار ہوں۔ تم فی شتر مرغ پانچ سو پاؤنڈ کے حساب سے پانچ شتر مرغوں کے ڈھائی ہزار پاؤنڈ لے لو۔ اس پر پوٹر نے کہا

کہ میں نے یہ شتر مرغ بیچنے کے لیے نہیں خریدے۔ میرا ارادہ ان کے پیٹ چاک کرکے ہیرا تلاش کرنے کا ہے۔

لیکن بعد میں پوٹر کا ارادہ تبدیل ہو گیا اور اس نے شتر مرغ نیلام کرنے کا اعلان کیا لیکن ساتھ ہی اس نے ایک شرط بھی رکھی۔ وہ یہ کہ کسی شخص کے ہاتھ ایک سے زیادہ شتر مرغ فروخت نہیں کیا جائے گا اور ایک شتر مرغ وہ اپنے لیے رکھے گا تا کہ قسمت آزما سکے۔ کیا پتا ہیرا اسی میں سے نکلے۔

وہ ہیرا بہت قیمتی تھا۔ ہمارے ساتھ بحری جہاز پر ہیروں کا ایک یہودی تاجر بھی سفر کر رہا تھا۔ جب موہن نے اسے اس ہیرے کے بارے میں بتایا کہ کیسا تھا اور کتنا بڑا تھا تو اس نے اس کی قیمت اندازاً چار سے پانچ ہزار پاؤنڈ بتائی۔ جب جہاز کے مسافروں کو ہیرے کی قیمت کا پتا چلا تو وہ بے چینی سے نیلامی کا انتظار کرنے لگے جو اگلے دن ہونے والی تھی۔

اب اتفاق کی بات کہ شتر مرغوں کے رکھوالے سے مجھے باتوں باتوں میں پتا چلا کہ ایک شتر مرغ بیمار ہے اور اس کے پیٹ میں گڑبڑ ہے۔ اس شتر مرغ کی دُم کے پروں میں سے ایک پَر بالکل سفید تھا جو شاید بیماری کی وجہ سے ہو گیا تھا۔ میں نے سوچا کہ ہو نہ ہو یہ وہی شتر مرغ ہے جس کے پیٹ میں ہیرا ہے اور اسی لیے اس کے پیٹ میں گڑبڑ ہے۔ اگلے روز جب نیلامی شروع ہوئی تو سب سے پہلے یہی شتر مرغ لایا گیا۔ بولی آٹھ سو پاؤنڈ سے شروع ہوئی۔ موہن نے فوراً ساڑھے آٹھ سو کی بولی دی جس کے جواب میں، میں نے نو سو پاؤنڈ کی آواز لگائی۔ مجھے یقین تھا کہ ہیرا اسی شتر مرغ کے پیٹ میں ہے اور اتنے زیادہ بھاؤ یعنی نو سو پاؤنڈ سے کوئی آگے نہیں

بڑھے گا لیکن موہن بالکل باؤلا ہو گیا تھا۔ اس نے اندھا دھند بولی بڑھانی شروع کی۔ ہیروں کا یہودی تاجر بھی بڑھ چڑھ کر بولی لگا رہا تھا۔ اس نے بولی ایک ہزار سات سو پاؤنڈ تک پہنچادی۔ اس موقع پر پوٹر نے اس کے حق میں بولی ایک دو تین کہہ کر ختم کردی۔ موہن نے ایک ہزار آٹھ سو کی آواز لگائی لیکن تب تک پوٹر تین کہہ چکا تھا۔ موہن ہاتھ ملتا رہ گیا۔

یہودی تاجر نے پوٹر کو شتر مرغ کی قیمت ادا کی اور اسی وقت پستول نکال کر شتر مرغ کو گولی ماردی۔ اس پر پوٹر نے خوب شور مچایا اور کہا اگر اس شتر مرغ کو اسی وقت کاٹا گیا تو اس سے نیلامی پر بُرا اثر پڑے گا، کیوں کہ اگر اس میں سے ہیرا نکل آیا تو میرے باقی شتر مرغ کوئی نہیں خریدے گا لیکن ہم سب ہیرا دیکھنے کے لیے اتنے بے چین تھے کہ سب نے سنی ان سنی کردی۔ شتر مرغ کو چیرا پھاڑا گیا لیکن اس میں سے کچھ نہ نکلا، مجھے یہ سوچ کر خوشی ہوئی کہ میرا نقصان ہوتے ہوتے رہ گیا کیوں کہ میں خود اس شتر مرغ کی قیمت ایک ہزار چار سو پاؤنڈ لگا چکا تھا۔

یہودی تاجر نے کسی خاص افسوس کا اظہار نہیں کیا، البتہ پوٹر نے یہ کہہ کر نیلامی بند کردی کہ جب تک سارے شتر مرغ نہیں بک جاتے وہ کسی کو شتر مرغوں کی چیر پھاڑ نہیں کرنے دے گا لیکن یہودی تاجر کا کہنا تھا کہ جب کوئی شخص ایک چیز خرید لیتا ہے تو اس کی مرضی ہوتی ہے کہ وہ اس کے ساتھ جب اور جیسا چاہے سلوک کرے۔ بات بڑھ گئی اور گرما گرمی ہونے لگی تو نیلامی اگلی صبح تک روک دی گئی۔ رات کو کھانے کی میز پر شتر مرغوں کی نیلامی کے بارے میں ہی باتیں ہوتی رہیں۔ جتنے منھ اتنی باتیں۔ کچھ نے تو جہاز کے کپتان سے یہ بھی کہا کہ اس نیلامی کو

روک دیا جائے کیوں کہ اس طرح ہیرا بیچنا ایک طرح کا جوا ہے لیکن پوٹر کا کہنا تھا کہ میں ہیرا نہیں بیچ رہا، میں تو صرف شتر مرغ بیچ رہا ہوں، آخر کپتان نے اعلان کیا کہ جہاز پر شتر مرغ کی خرید و فروخت کی اجازت ہے لیکن شتر مرغوں کے قتل کی اجازت نہیں دی جاسکتی۔ اب کوئی شخص شتر مرغوں کو نہ تو جہاز پر ہلاک کرے گا اور نہ ان کی چیر پھاڑ کرے گا۔ لندن پہنچنے کے بعد جہاز سے اُتر کر مسافروں کا جو جی چاہے شتر مرغوں کے ساتھ کریں۔

اگلی صبح جب نیلامی شروع ہوئی تو ہر شخص کے ذہن میں یہ بات تھی کہ شتر مرغ پانچ کے بجائے اب چار رہ گئے ہیں، اس لیے کسی ایک شتر مرغ سے ہیرا نکلنے کا امکان اب پہلے سے زیادہ ہے۔ یہی وجہ ہے کہ بولی کل سے بھی زیادہ پر زور انداز میں شروع ہوئی۔ میرے پاس پیسے کم تھے، اس لیے میں تو پیچھے ہٹ گیا۔ ایک شتر مرغ دو ہزار پاؤنڈ پر بکا۔ ایک کی قیمت دو ہزار تین سو پاؤنڈ لگائی گئی۔ جب کہ تیسرا ڈھائی ہزار پاؤنڈ میں فروخت ہوا لیکن عجیب بات تھی کہ موہن نے ان میں سے ایک بھی نہیں خریدا بلکہ جب بولی لگائی جا رہی تھی تو وہ ایک کونے میں بیٹھا لندن پہنچ کر پولیس میں رپورٹ درج کرانے کی باتیں کر رہا تھا اور قانونی نکتے اُٹھا رہا تھا۔ اس کا کہنا تھا کہ یہ ساری نیلامی غیر قانونی ہے۔ فروخت ہونے والے تین شتر مرغوں میں سے ایک اسی یہودی تاجر نے خریدا۔ ایک شتر مرغ ایک افسر نے خریدا جو جہاز پر سفر کر رہا تھا۔ تیسرا بحری جہاز کے انجینئرز نے آپس میں پیسے جمع کر کے خرید لیا۔

جب نیلامی ختم ہوئی تو پوٹر اُداس ہو گیا۔ اس کا کہنا تھا کہ اس نے شتر مرغ بیچ

کر بے وقوفی کی ہے۔ اس نے یہ بھی بتایا کہ اس نے اپنے لیے جو شتر مرغ رکھا تھا وہ بھی اس نے ایک مسافر کو تین ہزار پاؤنڈ میں رات میں ہی بیچ دیا تھا لیکن میری سمجھ میں نہیں آرہا تھا کہ اس میں بے وقوفی کی کیا بات ہے۔ جو شتر مرغ اس نے زیادہ سے زیادہ آٹھ سو پاؤنڈ میں خریدے ہوں گے وہ اس نے ایک ایک کرکے ساڑھے گیارہ ہزار پاؤنڈ میں بیچ دیے۔

آخر جہاز لندن کی بندرگاہ پر لنگر انداز ہوا۔ سارے مسافر اُترنا شروع ہوئے۔ شتر مرغ بھی اُتارے گئے۔ شتر مرغ خریدنے والوں نے اُنھیں وہیں چیرنے پھاڑنے کا ارادہ کیا لیکن بندرگاہ کے افسروں نے اس کی اجازت نہیں دی۔ موہن پاگلوں کی طرح اِدھر سے اُدھر دوڑتا پھر رہا تھا۔ جن لوگوں نے شتر مرغ خریدے تھے وہ ان سے ان کے نام اور پتے پوچھ رہا تھا اور کہہ رہا تھا کہ اگر ان کے خریدے ہوئے شتر مرغ سے ہیرا نکل آئے تو مجھے خط لکھ کر بتائیں لیکن کسی نے بھی اسے اپنا نام پتا نہیں دیا۔ موہن نے پوٹر کو یہاں بھی بُرا بھلا کہا لیکن پوٹر نے اپنا سامان اُٹھایا اور چل پڑا۔ باقی مسافر بھی اپنے اپنے گھروں کو روانہ ہوگئے۔ شتر مرغ خریدنے والوں نے اُنھیں لدوا دیا اور وہ بھی چل پڑے۔

یہ کہہ کر وہ چپ ہو گیا اور ایک پرندے کی کھال میں بھس بھرنے لگا۔ میں نے بے صبری سے کہا: "پھر کیا ہوا؟ ہیرا کون سے شتر مرغ میں تھا؟" وہ مسکرایا اور بولا۔ "میرے خیال میں کسی میں بھی نہیں تھا۔"

"وہ کیوں؟" میں نے حیرت سے پوچھا۔

اس نے بتانا شروع کیا: "یہ بات مجھے کبھی معلوم نہ ہوتی اور میں بھی یہی

سمجھتا رہتا کہ موہن کا ہیرا کسی شتر مرغ نے نگل لیا تھا لیکن اتفاق کی بات ہے کہ لندن پہنچنے کے ایک ہفتے بعد میں لندن کی ریجنٹ اسٹریٹ میں خریداری کر رہا تھا کہ مجھے موہن اور پوٹر نظر آئے۔ دونوں ہاتھ میں ہاتھ ڈالے، بہت خوش خوش، مسکراتے ہوئے جا رہے تھے۔ دونوں نے بہت عمدہ اور مہنگے کپڑے پہنے ہوئے تھے۔ میں چپ چاپ اُنھیں دیکھنے لگا۔ انھوں نے کوئی چیز خریدی۔ موہن نے پیسے دینے کے لیے بٹوا نکالا تو وہ نوٹوں سے ٹھنسا ٹھنس بھرا ہوا تھا۔ لگ رہا تھا کہ دونوں کو کہیں سے بہت سارا روپیہ ہاتھ لگا ہے۔"

میں نے ایک لمبی سانس لے کر کہا: "بہت خوب! تو اس کا مطلب یہ ہوا کہ کسی شتر مرغ نے کوئی ہیرا نہیں نگلا تھا۔ موہن اور پوٹر دونوں ساتھی تھے اور اُنھوں نے اس طرح نیلامی کے ذریعے سے ہزاروں پاؤنڈ بٹور لیے۔"

اس نے مسکرا کر "ہاں" کہا اور سر جھکا کر پرندوں کی کھال میں بھس بھرنے لگا۔

***

۶

مرتا ہوا کھوجی

تحریر: آرتھر کونن ڈائل

ترجمہ: محمد الیاس نواز

شرلاک ہومز لندن میں مسز ہڈسن کے گھر کی پہلی منزل پر رہ رہا تھا۔ مسز ہڈسن شرلاک ہومز کے کمروں میں ہونے والی اجنبی سرگرمیوں اور رات بھر لوگوں کی آمد ورفت کی عادی ہو چکی تھیں۔ چونکہ ہومز اپنے گھر کا بھاری کرایہ ادا کرتا تھا اس لئے مسز ہڈسن اس بارے میں کوئی اعتراض نہیں کرتی تھیں۔ وہ جانتی تھیں کہ ہومز ایک بہت ہی خاص آدمی ہے اور بہت اہم کام کرتا ہے۔

ایک دن مسز ہڈسن میرے گھر آئیں اور مجھے بتایا کہ ہومز سخت بیمار ہے، "وہ موت کے منہ میں جا رہا ہے ڈاکٹر واٹسن۔ وہ پچھلے تین دن سے سخت بیمار ہے مگر اس نے مجھے ڈاکٹر کو بلانے کی اجازت نہیں دی۔ آج صبح سے اس کا چہرہ سفید ہو رہا ہے اور اس کی آنکھوں کے گرد سیاہ حلقے پڑ چکے ہیں۔ میں نے اس سے کہا کہ، مسٹر ہومز! میں اسی وقت ڈاکٹر کو لینے جا رہی ہوں، تو مسٹر ہومز نے مجھ سے کہا، 'تو پھر

ڈاکٹر واٹسن کو لے آؤ۔' اس لئے میں جتنی جلدی آسکتی تھی، آگئی۔"

مجھے یہ سن کر بڑی حیرت ہوئی کہ ہومز بیمار ہے اور مجھے علم ہی نہیں۔ میں مسز ہڈسن کے ساتھ جلدی سے ان کے گھر پہنچا۔ "میں آپ کو زیادہ کچھ نہیں بتا سکتی ڈاکٹر واٹسن۔ وہ راتھر ہتھے میں دریا کے قریب کام کر رہا تھا۔ وہاں سے جب واپس آیا تو بیمار ہو گیا۔ بدھ والے دن دوپہر کے بعد وہ بستر پر چلا گیا۔ تین دن سے اس نے نہ کچھ کھایا اور نہ پیا۔"

"تم نے ڈاکٹر کو کیوں نہیں بلایا مسز ہڈسن؟"

"اس نے مجھے نہیں جانے دیا جناب۔۔۔ اوہ، میرے عزیز! میں بہت ڈر رہی ہوں کہ وہ موت کے منہ میں جا رہا ہے۔"

جب میں نے ہومز کو دیکھا تو مجھے یقین ہو گیا کہ مسز ہڈسن ٹھیک کہہ رہی تھیں۔ اس کا چہرہ بالکل ٹھنڈا ہو رہا تھا۔ ہونٹ بالکل خشک اور پیلے ہو چکے تھے۔ اس کی آنکھوں کے گرد بڑے بڑے سیاہ حلقے پڑ چکے تھے۔ وہ مردے کی طرح نظر آرہا تھا، بالکل ویسے ہی جیسے مسز ہڈسن نے بیان کیا تھا۔

"کیا ہو گیا ہے تمہیں ہومز؟" میں اس سے پوچھتے ہوئے اس کے بستر کی جانب بڑھا۔

"رک جاؤ، رک جاؤ!" ہومز عجیب آواز میں چلایا۔ اس کا بات کرنے کا انداز اس سے بالکل مختلف تھا جیسے وہ پہلے مجھ سے بات کیا کرتا تھا۔

"مگر کیوں؟"

"کیونکہ یہ میری خواہش ہے واٹسن۔ اور اپنی حفاظت کا خیال رکھو۔"

"اپنی حفاظت کا خیال؟" میں نے پوچھا۔

"ہاں، میں جانتا ہوں کہ میرے ساتھ کیا غلط ہو گیا ہے۔ یہ ایک ایسی بیماری ہے جو سماٹرا سے آئی ہے اور اس کے بارے میں ڈچ ہی جانتے ہیں۔ یہ آہستہ آہستہ اور تکلیف دہ طریقے سے انسان کو مارتی ہے مگر اس کا نتیجہ آخر کار موت ہی ہے۔ اس لئے واٹسن مجھے مت چھونا ورنہ تم خود اپنے ہاتھوں سے بیماری پکڑو گے۔"

"مگر میں ہر حال میں تمہاری مدد کرنا چاہتا ہوں، ہومز!۔۔"

"یہ ایک بیماری ہے اور تم اس کے بارے میں کچھ نہیں جانتے واٹسن۔ اس لئے معاف کرنا، تم اس حوالے سے کچھ نہیں کر سکتے۔"

"اچھا تو پھر میں سر جیسپر میک یا پینروز فشر یا لندن کے اچھے ڈاکٹروں میں سے کسی بھی دوسرے ڈاکٹر کو لے آتا ہوں۔"

"وہ لوگ مشرقی بیماریوں کے بارے میں کیا جانتے ہیں؟۔۔۔ یہ سب کچھ اس وقت ہوا ہے جب میں ایک ایسے آدمی کو تلاش کرنے کی کوشش کر رہا تھا جس نے دوسرے کو مارنے کیلئے ایک دوا کا استعمال کیا تھا کہ خود اس بیماری کا شکار ہو گیا۔ تم کچھ نہیں کر سکتے۔"

"اگرچہ میں کچھ نہیں کر سکتا مگر ڈاکٹر اینس ٹری اس وقت لندن میں ہیں اور وہ مشرقی بیماریوں کے بارے میں اپنی معلومات کے حوالے سے مشہور ہیں۔ میں جا رہا ہوں تاکہ میں ایک بار ضرور انہیں یہاں لے آؤ۔"

جب میں نے یہ الفاظ کہے تو ہومز بستر سے چھلانگ لگا کر دروازے کی طرف بھاگا اور تالے میں چابی گھما کر دوبارہ بستر پر آ گرا۔

"تم ابھی نہیں جا سکتے واٹسن، کیوں کہ چابی میں نے نکال لی ہے۔ ہاں، چھ بجے جا سکو گے اور ابھی چار بجے ہیں۔"

"تم پاگل ہو گیے ہو، ہومز۔"

"صرف دو گھنٹے ٹھہر جاؤ واٹسن۔"

"اچھا ٹھیک ہے۔" میں بہت فکر مند تھا مگر اس کے علاوہ اور میں کر بھی کیا سکتا تھا۔

"ٹھیک ہے، مگر ابھی میرے قریب مت آنا اور بعد میں جا کر کسی ایسے شخص کو تلاش کرنا جو میری مدد کر سکے مگر ڈاکٹر اینس ٹری نہیں۔ میں تمہیں بعد میں بتاؤں گا کہ میں کیا چاہتا ہوں۔ اب میں آرام کر رہا ہوں اور تم اگر چاہو تو میری کتابیں دیکھ لو۔ چھ بجے ہم دوبارہ بات کریں گے۔"

میں تھوڑی دیر کھڑا اس بے چارے کی طرف دیکھتا رہا۔ اس نے چہرے پر بستر کی چادر ڈال رکھی تھی جس سے لگ رہا تھا کہ وہ سو رہا ہے۔ تب میں نے خاموشی سے آرام گاہ کا چکر لگایا اور الماریوں میں لگی کتابوں اور دیواروں پر لگی تصویروں کو دیکھنے لگا۔ اسی دوران میری نظر آگ کے پاس رکھی کالی اور سفید ڈبیا پر پڑی۔ میں نے اسے اٹھانے کے لیے قدم بڑھایا ہی تھا کہ اسی وقت ہومز ایک چیخ کے ساتھ بستر پر اٹھ کر بیٹھ گیا۔

"اسے ہاتھ مت لگاؤ، واٹسن میں تم سے کہہ رہا ہوں کہ اسے ہاتھ مت لگاؤ۔" وہ دوبارہ اپنے بستر پر گرتے ہوئے بولا، "کسی چیز کو مت چھونا واٹسن۔ تم اچھی طرح جانتے ہو کہ مجھے اس بات سے نفرت ہے کہ کوئی میری چیزوں کو چھیڑے یا اپنی

جگہ سے ہلائے۔"

اب مجھے یقین ہو گیا تھا کہ یہ آدمی بے چارہ پاگل ہو گیا ہے۔ میں ایک ایک منٹ گننے لگا۔ جب چھ بجے تو ہومز مجھ سے مخاطب ہوا:

"اب تم بتیاں جلا سکتے ہو واٹسن۔ مگر صرف تھوڑی دیر کے لیے نا کہ زیادہ وقت کے لیے، اور مہربانی کر کے کھڑکیاں مت کھولنا۔"

میں نے بالکل ویسا ہی کیا جیسا اس نے کہا تھا۔ پھر اس نے آرام گاہ کی دوسری طرف رکھی الماری کی جانب اشارہ کرتے ہوئے کہا:

"تمہیں وہاں کچھ کاغذ اور خط رکھے نظر آئے؟۔۔۔۔ مہربانی کر کے ان کو اٹھا کر یہاں میرے قریب میز پر رکھ دو۔۔۔ بہت شکریہ۔۔۔۔ اور ہاں، وہ چھوٹی والی کالی اور سفید ڈبیا بھی، مگر اپنے ہاتھ سے اس کو مت چھونا۔ اخبار کے ٹکڑے سے خیال کے ساتھ اٹھا کر یہاں کاغذات اور خطوط کے ساتھ رکھ دو۔۔۔ بہت اچھا، اب تم مسٹر کلورٹن اسمتھ کو لینے لوور بر کے اسٹریٹ جا سکتے ہو۔"

ہومز واضح طور پر بہت بیمار تھا اور مجھے اس کو اکیلا چھوڑتے ہوئے ڈر لگ رہا تھا مگر اس کا حکم یہی تھا۔

"میں نے یہ نام کبھی سنا نہیں۔" میں نے کہا۔

"نہیں، یقیناً نہیں سنا ہو گا واٹسن، مسٹر کلورٹن اسمتھ سماٹرا میں رہتے ہیں اور آج کل لندن آئے ہوئے ہیں۔ وہ کسی اور کے مقابلے میں مشرقی بیماریوں کے بارے میں کافی زیادہ جانتے ہیں۔ مجھے یقین ہے کہ وہ میری بیماری کے بارے میں بھی مطالعہ کر چکے ہوں گے اور اپنی معلومات کو استعمال کرتے ہوئے مجھے اچھا کر

دیں گے۔ میں نہیں چاہتا کہ تم چھ بجے سے پہلے ان کے گھر جاؤ کیونکہ وہ چھ بجے تک کام کرتے ہیں اور اس سے پہلے وہ کسی سے نہیں ملتے۔ تم انہیں یہ بتا کر کہ میں کتنا بیمار ہوں، جلدی آنے کا کہو۔ ورنہ میں مر جاؤں گا کیونکہ زندگی کی جنگ ہارنے میں میرے پاس تھوڑا ہی وقت ہے۔"

جب ہومز یہ بات کہہ رہا تھا اس وقت اس کے ہاتھ ہوا میں حرکت کر رہے تھے۔ وہ سر کو دائیں بائیں ہلا رہا تھا جبکہ اس کی آنکھیں چھت کی طرف لگی ہوئی تھیں۔ تب مجھے یقین ہو گیا کہ ہومز اگلے گھنٹے تک زندہ نہیں رہے گا۔

"صرف ایک اور بات واٹسن،" جیسے ہی میں دروازے کی طرف بڑھا، ہومز نے کہا، "کوشش کرو کہ وہ یہاں آئے۔ وہ تمہیں منع کرے گا کیونکہ وہ مجھے پسند نہیں کرتا۔ تم نے دیکھا ہوگا کہ جب اس کے غریب بھتیجے کا انتقال ہوا تھا تو میں نے اس بارے میں بات کرنے کے لئے اسے بلانے کی کوشش کی تھی تو اسے کتنا غصہ آیا تھا۔ مگر کوشش کرو کیونکہ وہی مجھے بچا سکتا ہے۔"

"میں اسے یہاں اٹھا لاؤں گا۔"

"نہیں، نہیں، اسے بتاؤ تا کہ وہ خود یہاں آئے، یہ بہت ضروری ہے، اور تم اس سے پہلے وہاں سے نکل کر اس سے پہلے ہی یہاں واپس پہنچ جانا۔"

"ہاں، اگر تم یہی چاہتے ہو تو۔"

مسز ہڈسن ہومز کی آرام گاہ کے باہر کھڑی تھیں۔ وہ آہ بھرتی ہوئی آہستہ سے بولیں:

"میں اپنے گھر سے جب اس طرف آئی تو ہومز کی اپنے آپ سے باتیں کرنے

اور گانا گانے کی آوازیں باہر آرہی تھیں۔ وہ بے چارہ تو بالکل ہی پاگل ہو گیا ہے۔"

ابھی میں گھر سے چند قدم ہی آگے بڑھا تھا کہ ایک آدمی تیزی سے میری طرف بڑھا۔ یہ ہومز کا ایک پرانا دوست، لندن پولیس کا انسپکٹر مارٹن تھا۔

"ہومز کیسا ہے؟"

"وہ بہت بیمار ہے۔" میں نے جواب دیا۔

"مجھے یقین ہے کہ میں نے انسپکٹر مارٹن کے ہونٹوں پر چھپی ہوئی ایک ہلکی سی مسکراہٹ دیکھی تھی مگر میں نے سوچا کہ شاید میری غلط فہمی ہے۔ جب میں لوور بر کے اسٹریٹ پہنچا تو ایک ملازم نے مسٹر کلورٹن اسمتھ کے گھر کا دروازہ کھولا۔ میں نے اس سے کہا کہ مسٹر کلورٹن اسمتھ کو بتاؤ کہ میں آیا ہوں۔ چند منٹ بعد ملازم واپس آیا اور بولا:

"معافی چاہتا ہوں جناب، مسٹر کلورٹن اسمتھ اس وقت مصروف ہیں۔ آپ صبح آجایئے۔"

میں نے سوچا کہ ہومز اپنے بستر پر موت کے منہ میں جارہا ہے اور اس انتظار میں ہے کہ میں اس کے لئے مدد لے کر آؤں گا۔ میں انتظار نہیں کر سکتا۔ میں نے ملازم سے اصرار کیا تو وہ مجھے مسٹر کلورٹن اسمتھ کے کمرے میں لے گیا۔ وہاں آگ کے پاس میں نے ایک لمبے، موٹے، بد صورت اور کرخت چہرے والے آدمی کو بیٹھے دیکھا۔ اس نے میری طرف غصے سے دیکھا۔

'یہ کیا ہے! یہ کیا ہے!" وہ زوردار آواز میں گرجا،"میں نے تم سے کہا ہے کہ تم کل آنا، اب میں تمہیں یہاں نہیں دیکھنا چاہتا۔"

" میں معافی چاہتا ہوں جناب۔۔۔ یہ بہت لازمی ہے۔۔۔. مسٹر شرلاک ہومز۔۔۔."

جیسے ہی میں نے ہومز کا نام لیا اس شخص کے چہرے پر تبدیلی نظر آنے لگی۔ اب کوئی غصہ نہیں تھا بلکہ تاثرات کچھ مختلف تھے۔صاف نظر آرہا تھا کہ مسٹر کلورٹن اسمتھ ہومز کے بارے میں سننے کے لئے بے تاب تھا۔

"تم اسی کے پاس سے آرہے ہو؟" اس نے پوچھا۔

"ہاں۔"

"کیا حال ہے اس کا؟ کیسا ہے وہ؟"

"وہ بہت بیمار ہے، اسی لئے تو میں آیا ہوں۔"

آدمی نے دوسری کرسی کی طرف اشارہ کیا اور ہم دونوں بیٹھ گئے۔ مجھے یقین ہے کہ میں نے ہلکی سی مسکراہٹ اس کے چہرے پر دیکھی مگر اپنی غلط فہمی سمجھ کر نظر انداز کر دیا۔

"مجھے افسوس ہوا یہ سن کر۔" وہ بولا، "میں ہومز کو اس وقت سے جانتا ہوں جب ہم نے کچھ کاروباری معاملات میں ایک ساتھ کام کیا تھا۔"

"ہومز کو آپ کی مدد چاہئے مسٹر کلورٹن اسمتھ۔ آپ وہ واحد آدمی ہیں جو اس کی بیماری کے بارے میں جانتے ہیں۔ یہ ایک تکلیف دہ بیماری ہے جو سماٹرا سے آئی ہے اور اسے آہستہ آہستہ موت کے منہ میں لے جارہی ہے۔"

"مگر مسٹر ہومز یہ کیوں سوچ رہا ہے کہ یہ ایک مشرقی بیماری ہے؟"

"ان دنوں وہ چینی بحریہ کے کارندوں کے ساتھ راتھر ہتھے میں کام کر رہا تھا۔

پچھلے ہفتے ان کا جہاز سماٹرا سے لندن آیا تھا۔ یہ یقیناً اس کو وہیں سے لگی ہے۔"

"اوہ! اور وہ کتنے دنوں سے بیمار ہے؟"

"تین دن سے۔"

"اچھا! یہ تو بہت سنجیدہ معاملہ ہے۔ میں اسے دیکھنے کے لیے ضرور تمہارے ساتھ جاؤں گا۔"

مجھے یاد آ گیا کہ ہومز نے مجھ سے کیا کہا تھا، "مجھے کہیں اور بھی جانا ہے۔" میں نے کہا، "کیا آپ وہاں اکیلے جا سکتے ہیں؟"

"ہاں، میں جانتا ہوں کہ وہ کہاں رہتا ہے۔ میں آدھے گھنٹے میں وہاں ہوؤں گا۔"

میں جلدی سے وہاں سے نکلا اور ہومز کے ہاں پہنچ گیا۔ اس کی طبیعت تھوڑی سی بہتر لگ رہی تھی۔ آواز میں تھوڑی سی جان آ گئی تھی مگر چہرہ اسی طرح سفید تھا اور بہت بیمار نظر آ رہا تھا۔

"اچھا! تو واٹسن تم اسے دیکھ آئے؟"

"ہاں، وہ آ رہا ہے۔"

"بہت اچھا، اور تم نے اسے بتایا کہ میرے ساتھ کیا برا ہو گیا ہے؟"

"ہاں میں نے اسے چینی بحری کارندوں کے بارے میں بتا دیا ہے۔"

"بہت شکریہ، تم نے جو کرنا تھا وہ کر دیا واٹسن. اب تمہیں زیادہ دیر یہاں نظر نہیں آنا چاہئے۔"

"مگر میں یہاں رک کر انتظار کرنا چاہتا ہوں اور سننا چاہتا ہوں کہ وہ کیا کہتا

ہے۔"

"ہاں، ضرور، مگر میرا خیال ہے کہ مسٹر کلورٹن اسمتھ اسی وقت زیادہ تفصیل بتائے گا جب وہ یہ سمجھے گا کہ وہ اور میں اکیلے ہیں۔ واٹسن، میں چاہتا ہوں کہ تم اس الماری میں چھپ جاؤ۔"

ہومز نے کمرے کی دوسری طرف بنی ایک بڑی الماری کی طرف اشارہ کرتے ہوئے کہا۔"

"کیا؟" میں نے حیرانی سے کہا۔

"جلدی!۔۔۔ وہ کرو جو میں نے کہا، واٹسن۔۔۔ یہ بہت ضروری ہے۔۔۔ ہلنامت، بولنامت، بس سنو۔"

میں جانتا تھا کہ ہومز ٹھیک کہہ رہا ہے۔ وہ اکثر مجھے ایسی عجیب چیزیں کرنے کو کہتا رہتا ہے۔ اس لیے جیسا اس نے کہا تھا میں نے ویسا ہی کیا۔ چند منٹ بعد مسٹر کلورٹن اسمتھ کے آنے کی آواز آئی۔ تب میں نے سنا کہ ہومز نے ہانپنا شروع کر دیا اور اس کی آواز بھی دوبارہ سخت بیماروں جیسی ہو گئی تھی۔

"ہومز! ہومز! کیا تم مجھے سن سکتے ہو؟"

"کیا یہ تم ہو، کلورٹن اسمتھ؟" ہومز نے کہا۔ وہ بہت آہستہ بول رہا تھا، اس کی آواز بہت کمزور تھی۔ "تمہارے آنے کا بہت شکریہ۔"

کلورٹن اسمتھ ہنسا، "تمہیں پتا ہے کہ تمہارے ساتھ کیا غلط ہو گیا ہے، ہومز؟"

"میرا خیال ہے کہ یہ بالکل وہی بیماری ہے جس نے تمہارے غریب بھتیجے کی جان لے لی۔"

"ہاں، ہاں، بے چارہ وکٹر۔ وہ چوتھے دن مر گیا تھا۔ یہ بڑی عجیب بات ہے کہ وکٹر ایک مشرقی بیماری سے مرا اور وہ بھی یہاں لندن میں۔ حالانکہ وہ کبھی مشرق کی طرف نہیں گیا۔ اور اس سے بھی عجیب بات یہ ہے کہ اس کو یہ بیماری اس وقت لگی جب وہ میرے پاس آیا۔ لندن کا وہ واحد آدمی جس نے اس بیمار ی کے بارے مطالعہ کیا۔ تم نے اس بات کی طرف دھیان دیا کہ نہیں ہومز؟ یہ تمہارے لئے کان کھڑے کر دینے والی بات ہے۔"

"میں جانتا ہوں کہ اسے تم نے قتل کیا ہے۔"

"تم جانتے ہو؟۔۔۔ اچھا، کوئی بھی تمہاری بات کا یقین نہیں کرے گا اور اب تم چاہتے ہو کہ میں تمہاری مدد کروں۔ ہاہاہا۔۔۔"

ہومز کے زور زور سے ہانپنے کی آواز آنے لگی۔ "مجھے پانی دو، پانی!" وہ کراہنے لگا۔

"اچھا، تم مرنے کے قریب ہو، ہومز! مگر ابھی چند چیزیں ہیں جو مجھے تم سے کہنی ہیں۔ لہٰذا میں تمہیں تھوڑا سا پانی دے دیتا ہوں، اسے پیو۔"

"میری مدد کرو کلورٹن اسمتھ، میری مدد کرو۔ تم نے جو بھی کیا میں کسی کو کچھ نہیں بتاؤں گا۔ میں بھول جاؤں گا، میرا وعدہ ہے۔"

"مجھے کوئی پروا نہیں ہے کہ تم میرے بھتیجے کی موت کے بارے میں کیا سوچتے ہو۔ وہ اب نہیں ہے اور ہم باتیں کر رہے ہیں۔ تم بتاؤ، تم کیا سمجھتے ہو کہ تمہیں یہ بیماری کیسے لگی، ہومز؟"

"میرا خیال ہے کہ مجھے ان بحری کارندوں سے لگی ہے جب میں ان کے ساتھ

کام کر رہا تھا، ڈاؤن اسٹریٹ، راتھر ہتھے میں۔ ان کے کہنے کے مطابق انکا جہاز اسی وقت سماٹرا سے آیا تھا۔"

"تو تمہارا کیا خیال ہے کہ یہی وجہ ہے ؟۔۔۔اچھا، تم غلط فہمی پر ہو۔ تمہیں یاد ہے کہ چند دن پہلے تم نے ڈاک سے آئی کوئی چیز وصول کی تھی ؟"

"ڈاک سے ؟"

"کالے اور سفید رنگ کی ایک ڈبیا، تمہیں یاد نہیں ؟"

"میں سخت بیمار ہوں، میں مر رہا ہوں، میری مدد کرو۔۔۔۔"

"سنو، ہومز۔ ڈبیا یاد کرو۔ وہ بدھ کو آئی تھی۔ تم نے اسے کھولا تھا۔ یاد آیا؟"

"ہاں، ہاں، اس کے اندر کوئی چیز تھی۔ جیسے ہی میں نے اسے کھولا، میری انگلی کٹ گئی۔"

"یہ بات ٹھیک ہے، ہومز۔۔۔اسی طرح تمہیں بیماری لگی اور اب تم مرنے جا رہے ہو بالکل وکٹر کی طرح۔ یہ تمہارے لئے سبق ہے۔ تمہیں کس نے کہا تھا کہ تم یہ دیکھنے آؤ کہ وکٹر کیسے مرا اور اتنے سوال کرو!"

"ڈبیا۔۔۔ڈبیا.. اب مجھے یاد آیا۔ وہ میز پر ہے۔"

"اچھا، اب یہ کمرے سے باہر میری جیب کے ذریعے جائے گی۔ اور پھر کوئی نہیں جان سکے گا کہ میں نے تمہیں کیسے قتل کیا۔ تم اپنے خاتمے کے قریب ہو، ہومز۔ میں یہاں بیٹھ کر تمہیں مرتا ہوا دیکھوں گا۔"

ہومز اب بالکل خاموش تھا۔ پھر اس کی مشکل سے سنائی دینے والی آواز آئی:

"بتی روشن کرو، کلورٹن اسمتھ۔ بتی روشن کرو۔"

"جی، بہت اچھا ہومز۔ میں بتی روشن کر دیتا ہوں۔ اور کوئی کام ہے جو تم کروانا چاہتے ہو؟"

"ایک سگریٹ، ایک سگریٹ۔" اب ہومز کی آواز بالکل معمول کے مطابق ویسی ہی تھی جیسی پہلے تھی۔ اس میں کوئی بیماری یا موت کا اثر نہیں تھا۔ ہاں معمولی کمزوری ضرور تھی۔ یہ وہی آواز تھی جس آواز کو میں جانتا تھا۔ پھر میں نے بستر کے قریب کلورٹن اسمتھ کی آواز سنی:

"اس کا کیا مطلب ہے ہومز؟" وہ چلایا۔

"ایک سگریٹ۔۔۔.. شکریہ، کلورٹن اسمتھ۔۔۔. تین دن سے بغیر کھانے اور پانی کے میرا حلیہ سخت بیماروں جیسا ہو گیا ہے۔ مگر مجھے سگریٹ کی طلب بہت زیادہ ہو رہی ہے۔ کیوں۔۔۔ اور کس لیے؟۔۔۔. میں دروازے پر کسی کی آواز سن رہا ہوں؟"

اچانک میں نے آرام گاہ کا دروازہ کھلنے کی آواز سنی۔ کوئی اندر آیا۔

"یہ ہے قاتل، انسپکٹر مارٹن! تم اسے لے جا سکتے ہو۔"

"جب میں نے دیکھا کہ بتی روشن ہو گئی ہے تو میں سمجھ گیا کہ میرے آنے کا وقت ہو گیا ہے۔" انسپکٹر بولا۔

"شکریہ انسپکٹر، اور تم اس کی جیب سے چھوٹی ڈبیا برآمد کر سکتے ہو۔ اسے خیال سے نکالو۔۔۔ شکریہ۔۔۔ اسے یہاں رکھ دو۔ ہم اسے بعد میں استعمال کرنا چاہیں گے۔"

کلورٹن اسمتھ نے بھاگنے کی کوشش کی۔ پھر تھوڑی سی ہاتھا پائی کی آواز آئی۔

پھر میں نے سنا کہ انسپکٹر نے اسے ہتھکڑیاں پہنا دیں۔

"تم کیا سوچ کر یہ سب کر رہے ہو، ہومز؟" کلورٹن اسمتھ چلایا، "میں یہاں تمہاری مدد کرنے آیا تھا۔ کوئی شخص تمہاری کہانی پر یقین نہیں کرے گا۔ اس کی حیثیت تمہارے الفاظ سے زیادہ نہیں ہے جو تم میرے خلاف بول رہے ہو۔"

"اوہ میرے عزیز، اوہ میرے عزیز، بے چارے واٹسن کو تو میں تقریباً بھول ہی گیا تھا۔ مہربانی کرکے اب الماری سے باہر آجاؤ، واٹسن۔ بہت شکریہ یہاں ہونے کا۔ مجھے یقین ہے کہ تم مسٹر کلورٹن اسمتھ کے بارے میں پہلے ہیں جان چکے ہو۔ بعد میں تم اور میں تھانے جائیں گے تا کہ تم وہ سب کچھ بتا سکو جو تم نے سنا۔۔۔۔۔ انسپکٹر! جلد ہی تم سے تھانے میں ملاقات ہوگی۔"

"تم نے دیکھا، واٹسن۔" انسپکٹر مارٹن کے کلورٹن اسمتھ کو گرفتار کرکے تھانے لے جانے بعد ہومز بولا، "میں چاہتا تھا کہ ہر شخص کو یہ یقین ہو جائے کہ میں واقعی مر رہا ہوں۔ تمہیں اس بات کا یقین دلانا مسز ہڈسن کا کام تھا، اور کلورٹن کو یقین دلانا تمہارا کام تھا۔ مجھے یقین تھا کہ کلورٹن یہ ضرور جاننا چاہے گا کہ اس نے جو کام کیا ہے اس کا کیا بنا۔"

"مگر تمہارا چہرہ ہومز؟۔۔۔ تم تو واقعی بیمار لگ رہے ہو۔" میں نے کہا۔

جیسے ہی ہومز نے گیلے کپڑے سے چہرے کو پونچھا تو میں حیران ہو گیا۔ سب کچھ ختم ہو گیا اور اس کا چہرہ دوبارہ صحت مند نظر آنے لگا۔

"یہ بہت آسان تھا" ہومز بولا، "تین دن تک بغیر کھائے پیئے چہرے کی حالت کچھ اچھی نہیں دکھائی دیتی واٹسن۔ مگر اپنے آپ کو صحیح معنوں میں بیمار

دکھانے کے لئے میں نے مسز ہڈسن کا دیا ہوا تھوڑا سا غازہ (فیس پاوڈر) استعمال کیا تھا۔ یہ میں نے بہترین کام کر لیا۔۔۔ کیا تم اتفاق کرتے ہو؟"

"ہاں، مگر میں بہت زیادہ فکر مند تھا۔"

"بالکل، میں نہیں چاہتا تھا کہ تم میرے بستر کے زیادہ قریب آؤ، کیونکہ تم بہت تیزی سے اصل سچائی دیکھ لیتے۔ یہ میرا منصوبہ تھا تا کہ کلورٹن اسمتھ کو ہم اپنے تک لا سکیں۔ تم نے دیکھا کہ جب کالے اور سفید رنگ کی ڈبیا بدھ والے دن ڈاک سے آئی تو مجھے یقین تھا کہ یہ کلورٹن اسمتھ نے بھیجی ہے اور یہ خطرناک ہے۔ اسی لئے میں نے اس کو نہیں چھوا۔ یہ ضرور وہی چیز ہے جس سے بے چارہ وکٹر وحشت ناک موت مر گیا اور کلورٹن اسمتھ کے خیال میں، میں بھی موت کے منہ میں جا رہا تھا۔ میں نے اسے بیوقوف بنایا تھا تا کہ اس سے سچ اگلوایا جا سکے اور یہی تو میں چاہتا تھا۔

تمہارا بہت شکریہ واٹسن، کھونٹی پر لٹکا میرا کوٹ ذرا مجھے پکڑا دو۔ جب ہم تھانے سے فارغ ہوں گے تو میرا خیال ہے کہ ہم ضرور سیمپسن ریسٹورینٹ سے ضرور کچھ کھائیں گے۔

***

منتخب دلچسپ کہانیوں کا ایک اور مجموعہ

کہانیوں کا بستہ

مرتبہ : سید حیدرآبادی

بین الاقوامی ایڈیشن جلد منظر عام پر آرہا ہے